황여정 장편소설

숨과 입자

창비
Changbi Publishers

차례

제1부

/

궁극의 단위

1

정확히 두시 삼십분이었다. 매일 오후 두시 삼십분이 되면 어디에선가 누군가가 항상 그 노래를 틀었다. 노래는 반복 재생되었다.

모르는 노래였다. 대충 개화기 때의 유행가가 아니었을까 싶긴 했다. 선율이나 반주의 뉘앙스도 그렇고 여가수의 창법이나 음질 상태도 어쩐지 영화나 드라마에서 접했던 그 시절의 분위기를 연상케 했다. 거리 때문인지 볼륨 때문인지 가사는 거의 들리지 않았다. 딱 한 단어가 귀에 잡히긴 했다.

푸르구나.

주의 깊게 귀를 기울여도 뭐가 푸르다는 건지는 끝내 알 수 없었다.

노래가 언제 멈추는지, 그 시간도 매번 같은지 또한 확인하지 못했다. 아마 세시와 네시 사이일 것이었다. 이때 나는 요가 강습을 진행해야 했고 강습 중에는 언제나 명상 음악을 틀어놓는데 회원들을 배웅한 뒤 오디오 정지 버튼을 누르고 나면 노래는 이미 끝나 있었다. 토요일과 일요일에는 요가원에 나가지 않았으므로 그 이틀도 다른 날과 같았는지 역시 확인하지 못했다.

그리고.

어느 날부터 노래는 들리지 않았다. 살짝 허전한 기분이 들기도 했지만 그저 그뿐이었다. 딱히 마음을 끄는 노래도 아니었고, 하등 신기할 것 없는 일상의 한 부분이 된 지 오래였으므로 새삼 의식에 잡힐 일도 없는 소리였다. 들려도 그만, 안 들려도 그만이었다.

허밍이 시작된 건 노래가 들리지 않은 지 며칠 지나서 였다. 요가원에서 나도 모르게 불쑥 클라이맥스 부분의 선율을 읊조렸고 무심코 시계를 보니 두시 삼십분이었다. 같은 일이 몇번 반복되었다. 다른 시간 다른 장소에서는 그러지 않았다. 잠재의식은 종종 그런 식으로 표면의식을 향해 자신의 주도권을 확인시키곤 한다. 그 사실을 모르지 않았음에도 묘한 열패감이 일었다. 이상한 감정이었다. 둘 다 나에게 속한 의식이 분명한데 승패가 갈린다는 것이, 그렇게 여겨진다는 것이 말이 되나.

의식적으로 그 노래를 처음부터 끝까지 불러보기로 했다. 푸르구나 말고는 가사를 알지 못하니 정확히는 부르는 것이 아니라 흥얼거리는 것이 되겠지만.

수십 아니 수백번, 어쩌면 수천번이라도, 듣기만 하는 것으로는, 더구나 무심코 흡수된 것만으로는 노래의 선율 전체를 기억하기가 쉽지 않다는 걸 알았다. 잠재의식에는 저장되어 있겠지만 그것을 고스란히 출력해내는 건 명백한 의도나 고도의 집중력만으로 할 수 있는 일이 아니었다. 나는 음악에 민감한 사람도 아니었다. 강습 시간을 제외하곤 음악을 잘 듣지도 않으며 아무리 좋아하는 노래가 흘러나와도 따라 부르는 일은 거의 없었다. 남들 앞에서 노래를 한 건 고등학교 시절 음악 시험으로 교과서에 실린 이탈리아 가곡을 부른 것이 마지막이었다. 그 노래의 가사는 이십여년이 지난 지금도 또렷이 외울 수 있다. 외울 수 있지만 부르지 않는다. 부를 이유가 없고, 음악에 대한 나의 전반적인 태도가 바로 그렇다. 딱히 열의를 품을 만한 이유가 없다는 것. 전연 불필요하다고는 할 수 없지만 그것이 없다 해도 내 삶이 영 딴판으로 흐를 것 같지 않다.

그러니까 그 노래에 대한 뒤늦은 관심은 음악적 흥미에서 비롯된 것은 아니었다. 그렇다면 그것은 뭐였을까.

모르겠다.

내 안에서 움트고 작동되는 마음이라고 해서 그것의 본질을 다 알 수는 없는 일이다. 의식은 언제나 마음보다 늦다.

한번 솟은 의지는 꽤나 굳건했다. 오기나 끈기가 발동할 만한 일이 아니라 여기면서도 나는 반드시 노래를 기억해내고 싶었고, 그러려면 노래를 다시 들어보는 수밖에 없었다.

노래의 제목을 알아내기 위해 지인들에게 내 입으로 재생이 가능한 몇몇 부분의 선율을 들려주었다. 그 선율 중 한 부분에서는 가사를 붙여 부르기까지 했다. 푸르구나, 푸르구나. 안 하던 짓을 하려니 어색하고 무안하여 매번 얼굴이 벌게졌지만 전화 통화로만 문의한 터라 사람들은 눈치채지 못한 채 심상한 태도로 나의 탐색에 동참해주었다.

노래를 아는 이는 한명도 없었다. 또래들은커녕 나의 부모 세대인 사오십년대생들도 모르는 걸 보면 정말로 개화기 때의 유행가이기라도 했던 걸까. 아니, 유행가는 아니었으려나. 그들이 태어나기 전에 나온 가요였더라도 한 시대를 풍미한 노래였다면 어린 시절 부모의 입을 통해 종종 들었을 텐데. 아니, 들었지만 잊은 것인가.

힌트의 분량과 정확도에 대해 이의를 제기한 이들도 있었는데 그제야 나는 내가 기억하고 있는 부분 또한 이미 왜곡되어 있을지도 모른다는 의심을 하게 되었다. 나는 형편없는 음치도 박치도 아니지만 음감이 뛰어난 건 더더욱 아니니까.

우연히 돋은 한 가닥의 마음이라도 상념들이 따라붙으면 질량을 갖게 되면서 더는 무상(無常)의 흐름을 타지 못하고 의식 한가운데에 본격적으로 자리를 잡는다. 이제 그것은 스스로의 생명력으로 사방팔방 가지와 뿌리를 뻗을 차례. 오래도록 살아남기 위해서는 맥락을 필요로 하며 그것의 최종 목적은 필연성의 획득이다. 이는 마음의 속성일까, 이야기의 속성일까. 그게 그건가.

어쨌거나 전에는 한번도 품은 적 없는 물음들이 하나씩 머릿속에 찍히기 시작했다. 그 물음들이 품고 있는 내용이 노래의 정체를 확인해보고 싶다는 애초의 동기의 진정한 맥락이 될지는 알 수 없지만. 이를테면 이런 것들.

왜 두시 삼십분이었을까. 그 사람은 왜 매일 그 시간에 그 노래를 들었을까. 그 사람은 어디에 사는 누구였을까. 그 사람은 어떻게 되었을까.

*

　요가원 옆 건물의 원룸에서 사십대 남자가 죽은 지 열흘 만에 발견되었다는 소식을 들었다. 사인은 뇌진탕. 사체는 욕실에서 발견되었고 사체를 발견한 건 건물주였다고 한다. 해당일에 월세가 입금되지 않아 연락을 했는데 계속 통화가 안 되어 찾아가본 참이었다고.

　그 사람이었을까?

　노래가 끊긴 것이 언제부터였는지 헤아려보지 않아 남자의 사망일과 정확히 맞아떨어지는지는 알 수 없었지만, 얼추 그즈음인 것도 같았다.
　그제야 우리 건물에서 노래를 들은 건 나만이 아닐 수도 있다는 데 생각이 미쳤다. 누군가는 노래가 끊긴 날이 언제인지 분명히 기억하고 있을지도 몰랐다.
　1층 디저트 카페의 사장 김씨, 2층 필라테스 센터의 원장 이씨, 4층 심리상담연구소의 소장이자 건물주인 심박사에게 노래에 관해 물었다.
　노래를 들은 이는 아무도 없었다.

2

그 순간 그 사람은 사람 같지가 않았어. 뭐랄까, 입자라고 해야 할까. 더는 쪼개지지 않는 궁극의 단위 같은 거. 그 모습은 어쩐지 그 사람의 전부를 말해주는 듯했지. 그런데 그게 뭔지는 도무지 모르겠더라.

반으로 접힌 메모지를 펼치니 이렇게 쓰여 있었다. 손바닥만 한 크기의 오선지였고 글씨는 내 것이었다.

메모지는 『믿음의 형식』이라는 책에 끼워져 있었다. 요가원 원장실의 삼단 책장 앞에 첩첩 쌓여 있는 책들 중 하나였고, 버릴 책들을 골라내기 위해 한권씩 들춰보던 중이었다.

책장을 하나 더 들여놓기엔 공간이 비좁아 책장 앞이 절반 이상 가려질 만큼 책이 쌓이면 이미 읽은 책들은 주변에 나누어주거나 버리곤 했다. 다독가는 아니었으니 책이 쌓이는 속도가 그리 빠르지는 않았다. 대략 일년에 한 번씩 정리하면 되는 정도였다. 수련 공간에 책장을 놓는 방법도 있었으나 잘 모르는 이들에게 나의 독서 취향이 노출될 것이 마음에 걸렸다. 공개되면 안 될 만큼 유별난 취향이 있지도 않고 설사 있다 하더라도 고작 취향 따위가 나의 면모를 대표할 리는 없겠지만, 어쨌거나 사적 공간과 공적 공간이 뒤섞이는 것은 어색한 일이었다.

『믿음의 형식』은 종교인들을 비판하는 책이었다. 거칠게 요약하자면 뭔가에 믿음을 갖게 되면 어느 순간 무엇을 믿는지보다 그저 믿음이라는 형식 자체에 매몰된다는 내용이었다. 삼년 전쯤 동생 이영이 한번 읽어보라며 건네준 책이었다. 분량이 거의 700면에 달하는 데다 만연체 일색이었고 단순한 직역으로 의심되는 어색한 문장이 곳곳에서 출현하여 틈틈이 작파의 충동이 솟구쳤으나 이영이 추천한 책이기에 꾹 참고 완독했었다. 이십여년 한집에 사는 동안 이영이 교과서 말고 책을 읽는 건 한번도 본적이 없었고 무엇보다 녀석은 신실한 기독교인이었기 때문이다. 정작 본인은 오분의 일도 채 읽지 않았다는 건 나중에서야 알았다.

메모지는 책과 아무런 관련이 없어 보였다. 내용도 그렇고 뉘앙스도 그렇고. 다른 책에서 읽은 구절이었거나 어떤 영화 혹은 드라마에서 나온 대사였을 것이다. 책에서든 영상에서든 인상적인 문장을 만나면 가끔 그렇게 메모지에 적어놓곤 한다.

메모는 작성된 뒤 책상 어딘가에 놓였을 테고, 그즈음 읽고 있던 책 서너권도 책상에 널브러져 있다가 한달에 한번쯤 하는 원장실 대청소 때『믿음의 형식』에 끼워졌을 터였다. 언젠가는 어떤 책에서 만원권 두장을 발견한 적도 있다.

『믿음의 형식』은 버려진 다른 책 대신 책장에 꽂혔고 메모지는 탁상달력 한 편에 붙여졌다.

종종 메모지에 쓰인 글을 읽었다. 읽을 때마다 생각에 잠겼다. 누구의 글이었을까, 누구의 말이었을까. 나는 왜 이 문구를 메모지에 기록했을까.

3

그 문구가 어디에서 비롯되었는지 기억해낸 건 한 여자가 요가원에 찾아와 내민 책 때문이었다. 그 순간 나는 하마터면 소리를 지를 뻔했다. 세상에나. 어쩌다 그걸 잊게 된 것일까.

그 여자는 저녁 일곱시쯤 요가원에 왔다. 나는 일곱시 반에 시작하는 저녁 수업을 준비하고 있었다. 늘 하던 대로 창을 열어 환기하고 청소기를 돌리고 향을 피운 뒤 스트레칭을 하던 중이었다.

"길병소⋯⋯"

여자는 신발도 벗지 않은 채 출입문 앞에 서서 다짜고짜 그렇게 내뱉곤 얼마간 묵묵하더니 천천히 신발을 벗었다. 여자의 발음은 꽤나 또렷했지만 나는 그 말이 무엇을 뜻하는지 알아차리지 못했고, 어쩌면 내가 잘못 들었을지도 모르는 그 소리의 원래 단어가 무엇이었을지 머리를 속속 굴리며 여자에게 성큼 다가갔다.

여자는 나를 빤히 바라보았다. 어딘지 모르게 확고한 시선이었다. 아는 사람인가. 잠깐 생각했지만 머릿속에는 어떤 단서도 떠오르지 않았다.

"어떻게 오셨어요?"

여자는 정물처럼 미동 없이 그 자리에 붙박여 나를 계속 응시했다. 담담한 표정에 무심한 시선이었다. 요가원을 운영하며 별별 사람을 겪은 터라 크게 당황하지는 않았다. 나는 다시금 신중하게 머릿속을 뒤져보았다. 모르는 사람이 분명했다.

"저기요."

목소리를 조금 높여보았다. 그제야 여자는 시선을 요가원 전체로 흩뿌리면서 입을 열었다.

"길병소…… 라는 사람, 아세요?"

특이한 이름이었다. 문장에 넣어 말하지 않으면 누구라도 냉큼 사람의 이름이라고 여기기는 어려울 터였다. 그만큼 쉬이 잊히지 않을 이름이었다. 나는 그 이름을 한번도 들어본 적이 없었다. 들어보았다면 잊을 리 없었다.

모른다고 하자 여자는 또다시 나를 물끄러미 바라보다 어깨에 메고 있던 배낭에서 책 한권을 꺼내 건넸다. 책 전체가 누렇게 색이 바랜 외국 고서였다. 알파벳 구성이 영어는 아닌 것 같다 하던 참에 표지 맨 아래쪽에서 출판사 이름으로 짐작되는 작은 글자들이 눈에 들어왔다.

PORTUGÁLIA EDITORA.

헉 하고 숨이 멈췄다. 그것은 내가 십여년 전 포르투갈의 헌책방에서 사 온 책이었고, 그 사실을 알아차린 순간 오선지 메모지에 쓰여 있는 그 문구 역시 포르투갈에서 처음 만났다는 걸 기억해냈다.

맙소사.

나의 삶이 전혀 예상치 못했던 방향으로 흐르게 된 것은 그곳에서 보낸 시간 때문이었는데.

"역시…… 그쪽 책이 맞는 거죠?"

느닷없이 펼쳐진 과거의 장면들을 더듬어볼 새도 없이 나는 다시 현재에 묶였다. 이번에는 내가 여자를 빤히 바라보았다. 여자와는 달리 나의 동공은 한껏 확장되어 있을 것이었다. 역시라니. 여자와 나와 그 책이 대체 어떤 맥락으로 연결되어 있기에.

생각은 사면팔방 번져나갈 태세를 갖추었지만 실제로는 어떤 곳으로도 영역을 확장하지 못했다. 짐작될 만한 만약의 경우라는 것이 정말이지 아무것도 떠오르지 않았다. 그 책을 잃어버리지도, 버리지도, 누구에게 주지도 않았다. 적

어도 내가 기억하기로는 그랬다. 하긴, 나의 기억력이라는
게 얼마나 기막히게 하찮은지 방금 전 확인했으니.

"이 책이 왜……"

혼잣말처럼 웅얼거리며 나는 손에 쥐어진 책을 내려다
보았다.

"펴보세요."

여자의 말에 책장을 펼쳐보았다. 본문 옆에 연필로 쓴
한글 문장들이 배열되어 있었다. 시집이었기 때문에 그럴
만한 여백이 충분했다. 쭉 넘겨보니 모든 페이지가 그랬
다. 쉼표나 따옴표와 같은 문장부호의 위치도 그렇고 행
갈이도 비슷한 걸로 보아 원문을 번역한 글자들 같았다.
그런 거냐고 묻자 여자는 다른 대답을 했다.

"본문 말고 표지 뒤 첫 장요."

여자의 지시대로 면지를 펼치니 상단에는 헌책방 주인
이 썼을 책의 가격 '€2.50'가 적혀 있었고, 하단에는 한글
로 된 짧은 글이 적혀 있었다.

길병소님께
이 책의 시들을 번역해보세요. 놀라운 일이 당신을 기
다리고 있을 거예요.

도이영 드림.

동생의 이름을 발견하고 나는 또 한번 놀랐다.

"그쪽이 도이영씨인 거죠?"

내 이름은 도이수다. 하지만 어쩐지 정황을 명확히 파악한 뒤 대답해야 할 것 같아서 나는 일단 여자를 안으로 들였다.

여자와 나는 저녁 수업이 시작되기 전 이십여분, 저녁 수업이 끝난 뒤 한시간쯤 대화를 나누었다. 피차 많은 것을 알게 되었지만 정작 알고 싶었던 것에 대해서는 아무것도 알아내지 못한 채 헤어졌다.

4

놀랍게도 길병소는 얼마 전 요가원 옆 건물의 원룸에
서 죽었다는 그 남자였다. 그리고 그 여자는 길병소의 연
인이었다. 칠년간 사귀었고 결혼을 약속한 사이였다고 했
다. 그런데 그가 자꾸 기한을 미루어 괴로울 때가 많았다
면서 여자는 덜컥 울음을 쏟았다. 갑작스런 전개에 나는
당황했다. 여자는 그가 가정을 꾸릴 형편이 안 돼서 그런
다는 걸 알고 있었지만 시간이 지나도 나아질 기미가 안
보였다고 했다. 그 상태라면 자신도 결혼이 부담스러워
여러 번 이별을 고려했으나 끝내 결심에 이르지는 못했고
일단 얼마간 각자의 시간을 보내보기로 했다는 것이었다.

"진짜로 헤어지고 싶었던 건 아니에요. 나는 다만……"

여자는 양손에 얼굴을 묻고 오열했다. 여자가 감정적으
로 무너진 건 그때뿐이었고 그 순간 말고는 내내 차분하
고 건조했다.

길병소의 사인은 알려진 대로 사고사였다. 정확히는 뇌진탕에 의한 뇌출혈로 죽은 것이었다. 뇌진탕은 욕실에서 잘못 넘어져 변기에 머리를 받아 일어났으며, 잘못 넘어진 이유로는 죽을 당시 나체였던 것으로 보아 샤워를 한 뒤 바닥의 물기 때문에 미끄러졌거나 최소 나흘 이상 음식물 섭취가 없었던 것으로 보아 허기로 인한 현기증 때문에 균형을 잃었다는 가능성이 제기되었다. 그가 왜 나흘 이상 아무것도 먹지 않았는지는 아무도 알아내지 못했다고 한다.

　여자가 길병소에게 시집을 준 도이영이 나라고 생각한 것은 그의 일기장에 쓰여 있는 문구 때문이었다.

　당신은 왜 나에게 그 책을 주었나. 숨. 당신을 만나고 싶다.

　여자는 '당신'이 길병소의 마음이 옮겨 간 대상이라고 확신했고 그 여자가 누구인지 알아내기 위해 그가 남긴 네권의 일기장을 꼼꼼히 정독했다. 하지만 그 세 문장 말고는 더이상 아무 내용도 발견되지 않았다.

　원룸에 있던 길병소의 책은 삼백여권쯤 되었는데 그의 유품은 길병소의 남동생이 정리한 터라 여자는 그에게 연락해 '숨'이라는 제목의 책을 찾아봐달라고 부탁했다. 동생은 상자에 넣어 봉합한 채로 베란다에 쌓아둔 상태라며 툴툴거리곤 일주일 뒤 그런 책은 없다고 답했다. 그렇다면 그 단어가 들어간 제목의 책은 있는지 여자가 묻자 남동생은 그걸 자기가 어떻게 아느냐고 하면서 조만간 몽땅 내다 버릴 예정이니 더는 이런 일로 귀찮게 하지 말라고 덧붙였다. 여자는 언젠가 길병소가 녀석은 자신을 루저로 여긴다고 말했던 기억을 떠올리며, 동생은 애초에 상자를 열어보지도 않았고 앞으로도 그럴 일은 없을 것이 분명하다고 확신했다. 어차피 버릴 거라면 책들을 자신이 맡아도 되겠느냐고 여자가 다시 물었고, 동생은 마음대로 하라면서 대신 배달비도 알아서 하라고 했다.

길병소의 책들 중에는 동생이 말한 대로 '숨'이 제목인 책은 없었다. 인터넷에서는 여러 권 검색되었지만 어떤 것이 '그 책'일지는 짐작조차 되지 않았다. 그제야 여자는 '숨'이 어쩌면 책의 제목이 아니라 '당신'의 이름일지도 모른다는 생각에 가닿았다. 아니, 별칭 같은 것인가. 숨만큼 소중한 나의 당신, 뭐 그런 의미를 담은. 여자는 생각하며 길병소의 '당신'이 어떤 사람일지 그려보았다.

잘 그려지지 않았다. 스치는 이미지들이 있긴 했으나 그것은 의식적인 선별 과정을 거친 결과물이라기보다는 남자들이 일반적으로 선호할 것 같은 여성 클리셰에 가까웠다. 여자는 길병소가 특히 어떤 유형의 여성들에게 끌렸는지 알지 못했다. 궁금했던 적은 있었지만 묻지 않았고, 길병소는 길병소대로 속내를 얼핏이라도 흘린 적 없었다. 그것은 길병소가 드러내지 않은 속내 전체 중 일부에 불과하며 어쩌면 애초에 감추고 말고 할 만한 내용 자체가 없었는지도 몰랐지만, 그 순간 여자는 짐작 불가능한 그 한점의 속내가 자신이 한번도 들여다보지 못했고 앞으로도 영영 들여다보지 못할 길병소의 마음속 심연처럼 여겨졌다.

가당찮은 치환이었다. 그걸 인정하면서도 여자는 길병소의 '당신'을 아는 것이 그의 심연에 한 걸음 다가가는 일이 될 거라는 희망을 끝내 놓지 못했다. 그렇다 한들 이미 생사가 갈린 이와의 무연한 거리가 좁혀질 리 만무했으나 그렇다 해서 아무것도 하지 않을 수는 없었다.

"그러니까…… 제가 기어이 그쪽을 찾아낸 건…… 제 연인이 정말로 저를 배신한 게 맞는지, 그 증거를 찾기 위해서가 아니에요. 이건, 어쩌면 이건…… 그냥 저 나름대로의 애도인지도 모르겠어요. 그 사람의 생이 끝난 것에 대한 애도 말예요. 그쪽은 이해 못하시겠지만요."

이해할 수 없었다. 어떻게 그것이 애도가 될까. 하지만 내가 이해할 수 없다고 해서 그것은 애도가 아니라고 말할 수는 없었다. 백명의 사람이 있다면 백가지의 애도의 방식이 있다고 나는 믿고 있었다. 그렇다고 대꾸하려다 나는 그냥 입을 다문 채 계속해서 여자의 이야기를 듣는 쪽을 택했다. 내가 여자를 이해하는 지점에 대해 명확히 밝히는 것은 나에게만 중요한 일이기 때문이었다. 이해에도 애도만큼이나 여러가지 방식이 있는 법이다. 그 순간 여자에게는 침묵과 경청이 가장 큰 이해인지도 몰랐다.

여자에게는 다행히 길병소의 일기장과 삼백여권의 책이 있었다. 일기장에는 대부분 그날의 스케줄을 정리한 일정표 정도만 적혀 있었고 아주 가끔씩 생략과 비약이 심한 한두줄의 개인적 감상이 덧붙여져 있는 게 다이긴 했다. 삼백여권의 책은 사실 길병소의 '당신'과도, 길병소의 '당신'이 길병소에게 준 책과도, '당신'의 이름인지 '당신'이 준 책 제목인지 모를 '숨'과도 아무 관련이 없을지 몰랐다. 하지만 길병소에게 속해 있던 것들이었으니 길병소에 대해 아무것도 말해주지 않을 리는 없었다.

여자는 길병소의 책들을 하나씩 살펴보기 시작했다. 본격적인 독서를 한 것은 아니고 제목과 지은이 프로필, 차례 등과 같은 기본 사항들을 확인하는 수준이었는데, 생각해보니 여자는 길병소가 어떤 책들을 읽는지 관심을 가

저본 적이 한번도 없었다는 사실을 알아차렸다. 길병소 역시 여자에게 자신이 읽고 있는 책에 대해 말한 적이 없었다.

그러다 그 책을 보게 된 것이었다. 내가 포르투갈의 헌책방에서 사 온 시집. 시집 첫 면에 적힌 메모를 본 순간 여자는 심장이 쿵 내려앉았다. 그래. 당신의 '당신'은 도이영이었구나.

여자는 도이영이 누구인지 도무지 알 수 없었다. 그의 일기를 다시 읽고, 그가 책 어딘가에 메모를 했을지도 모른다는 생각에 삼백여권의 책 본문을 모두 들춰보았으나 도이영에 대해서는 단 한점의 단서도 발견되지 않았다.

여자는 길병소와의 거리가 일 센티미터로 좁혀진 상태에서 더이상은 전진이 불가능한 높고 견고한 벽에 부딪친 기분이었고, 그러자 일분 일초도 기다릴 수 없다는 심정이 들었다. 뭐라도 하지 않으면 안 될 것 같아 무작정 길병소가 살던 동네로 찾아와 원룸 건물 근방을 맴돌았다.

그리고,

여자는 한 건물에서 '숨'이라는 간판을 발견했다. 반신반의하며 3층으로 향하는 계단을 올랐다. 그곳은 나의 요가원이었다.

　여자가 알아낸 것은 도이영이 내가 아니라 나의 동생이라는 사실뿐이었다. 이영이 길병소와 어떤 관계였는지, 그 시집을 왜 선물했는지, 그 시집에 쓴 메모의 의미는 무엇인지, 길병소는 왜 나의 요가원 이름을 언급했는지에 대해서는 내가 해줄 수 있는 이야기가 아무것도 없었다.

　마음 같아서는 당장이라도 이영에게 전화를 걸어 자초지종을 캐보고도 싶었지만 내가 들어도 되는 이야기와 여자가 들어도 되는 이야기가 다를지도 모른다 생각하니 섣불리 움직여지지 않았다. 무슨 대단한 사정이 상상되는 것은 아니었으나 이영이 어렸을 때부터 이따금 조용히 홀로 기이한 일을 벌이곤 했다는 점을 감안하면 쉽사리 한계 지을 수는 없었다. 그 일들이라는 것이 적어도 타인에게 직접적인 해를 입히는 쪽은 아니었기에 일말의 신뢰가 있긴 했지만 그래도 모를 일이었다. 내가 알고 있는 이영은 말 그대로 내가 알고 있는 이영일 뿐이니까. 나의 모든 면모를 완전히 알고 있는 사람은 세상에 없는 것처럼 이영의 경우도 마찬가지일 것이었다.

　나는 여자에게 이영이 현재 외국에 나가 있어 연락이 안 된다고 둘러대며 연락이 닿거나 돌아오면 알려주겠다고 했다. 여자는 믿는 듯 안 믿는 듯 아리송한 표정으로 나를 잠깐 바라보다 얕은 한숨을 뱉은 뒤 자신의 연락처를 건네주었다. 연락이 되든 안 되든 이영의 전화번호를 요청할 법도 했지만 여자는 그러지 않았다.

여자가 돌아가기 전 나는 여자에게 '그 노래'에 관해 물었다. 매일 오후 두시 삼십분쯤 길병소씨는 혹시 어떤 옛 노래를 듣지 않았느냐고. 여자는 고개를 갸웃했다.

"글쎄요…… 턴테이블로 음악 듣는 걸 좋아하긴 했지만……"

말이 멈추면서 허공에 떠 있던 여자의 시선이 불쑥 나에게 꽂혔다.

"두시 삼십분이라고요? 어떤 노래인데요?"

조급함이 묻은 말투였다. 나는 그 노래에 얽힌 일화를 찬찬히 들려주었다.

"그러니까 길병소씨와는 아무 관계없는 일일 수 있어요. 너무 신경 쓰지 마세요."

여자는 신경을 쓰는 듯 안 쓰는 듯 뭔가를 더 아는 듯 모르는 듯 또다시 아리송한 표정으로 시선을 바닥에 떨군 채 잠자코 있다가 문득 고개를 들곤 말했다.

"뭔가를 알게 되면 연락드릴게요."

5

놀랍게도 이영은 진짜로 외국에 있었다. 정확히는 보스니아-헤르체고비나였다. 이영과 보스니아라니, 뜬금없는 조합이었다.

이영은 평소 여행을 즐기지도 않았고 특히 외국 여행에는 거의 관심이 없었다. 돌아다니기를 꺼리지는 않았으나 집 안보다는 집 밖에서 시간 보내는 걸 더 선호한다는 의미에서 그랬을 뿐 생활권에서 아예 벗어나는 이동은 피곤해했다.

이영이 여행에서 돌아온 뒤 알게 된 일이지만, 이영이 그곳에 가게 된 것은 모 건축 전문 잡지사와 모 출판사가 공동 주최한 독후감 대회에서 1등을 차지했기 때문이었다. 말하자면 보스니아-헤르체고비나의 사라예보 5박 6일 여행 경비가 부상이었던 셈이다. 루카 에글리라는 스위스의 건축비평가가 쓴 여행서 『당신의 무덤: 한 건축비

평가의 세계묘지 인상기』가 국내에 번역 출간되어 진행된 홍보 이벤트였다. 거의 800면에 달하는 분량의 책이었고 응모자는 50여명이었다고 했다.

누군가 대신 써준 게 아닌가 잠깐 의심했다. 이영은 아니라고 했다. 그런 일을 속이는 녀석은 아니었다. 놀라운 것은 이영이 책을 완독하지 않고 '저자의 말'과 차례, 본문 이곳저곳을 부분적으로 읽은 뒤 독후감을 썼다는 사실이었다. 하긴 녀석이 그 두꺼운 책을 다 읽었다고 해도 놀라기는 마찬가지였을 것이다. 하지만 역시 이영이 글을 썼다는 점이 가장 의외이긴 했다. 간단한 이메일이나 안부 문자메시지조차 어떻게 써야 할지 모르겠다고 징징대기 일쑤인 녀석이었다. 미문이 필요한 일도 아니니 생각을 그대로 옮기면 되지 않느냐고 무심코 말했다가 녀석의 역정을 뒤집어쓴 적 있었다.

"그게 쉬우면 내가 어렵다고 하겠냐? 아니, 그렇게 쉬운 일을 왜 못하느냐는 게 언니의 본뜻인 건가?"

이영이 독후감 이벤트에 참여한 계기는 '우연히, 그냥'이었다. 여행이나 글쓰기에 대한 입장이 바뀐 것도 아니고, 불현듯 사라예보에 유별한 관심이 꽂힌 것도 아니고, 그냥. 당시 직장 동료가 사직하면서 두고 간 책이었고 며칠이 지나도 찾아가지 않아 일단 이영이 보관하게 되었는데 어느 날 인터넷 서핑 중 우연히 가닿은 블로그에서 그 이벤트를 보게 된 것이었다.

"하지만 그냥이라고 하기엔 너한테는 엄청난 반전 아냐?"

"맞아. 그런데 그날은 정말로 그냥 그렇게 됐어. 마침 옆에 그 책이 있기도 해서 펼쳐봤는데 책에 사진이 한장도 없는 거야. 뭔 놈의 여행서가 사진이 한장도 없나 하다가 저자의 말을 읽게 되었고, 그렇게 시작된 거야."

'저자의 말'에 따르면 '나는 사진을 찍지 않았다'는 것이 사진이 없는 이유였다고 한다. 글만으로도 충분하다는 것인지, 남이 찍은 사진은 싣기 싫다는 것인지, 상상의 힘을 강조하고 싶은 것인지, 직접 가서 보라는 것인지, 그 속내는 언급되지 않아 정확한 사정은 알 수 없었다. 이영의 독후감은 바로 그 사정에 대한 나름의 해석을 주 내용으로 담고 있었다.

이 책은 여행서가 아니다.

독후감의 첫 문장은 이러했다고 했다. 여행서가 아니라 추모시이자 헌사이며, 따라서 사진이 없는 것은 이 책의 예외적 특성이 아니라 일반적 형식에 충실한 결과라는 것이 이영의 생각이었다. '저자의 말' 말미에 쓰여 있는 저자의 아버지 이야기에서 착안한 관점이라고 했다.

나의 아버지는 공동묘지 관리인이었다. 34년 동안 그 일을 했다. 그는 죽었고, 어디에도 묻히지 않았다. 이 책을 그에게 바친다.

'저자의 말'은 반쪽 분량의 짧은 글이었는데도 이영은 그것을 읽는 동안 여러가지 생각이 떠올랐고 불현듯 정말로 생각을 옮기기만 하면 글이 되는지 알고 싶었다.

확실히 글이 되긴 했다. 글자로 이루어져 있으니 글이 아니라고는 할 수 없었다. 하지만 말이 되는 글은 아니었다. 평소 조리에 맞지 않는 생각을 하는 것인지, 생각은 멀쩡하나 손이 머리의 속도를 따라잡지 못해 구멍을 낸 것인지 알 수 없었다. 어쩌면 생각과 글과 말은 애초에 차원이 다른 성질로 이루어진 것인지도 몰랐다. 그래도 이영은 포기하고 싶지 않았다. 이상하게 그랬다. 한번은 넘어가보고 싶었다. 그 경계를. 아니, 한계인가? 여하튼 한번도 넘지 못했던 선을 넘고 나면 가닿을 수 있는 영역의 범위는 넓어질 거라고, 이영은 생각했다.

책의 몇 부분을 참고하여 내용을 불리고 앞뒤 맥락이

연결되도록 다듬고 다듬었다. 인터넷 국어사전의 유의어 목록에서 새로운 단어를 찾아내고 그 쓰임새를 정확히 이해하기 위해 문장 예시들도 꼼꼼히 읽어보았다.

완성하고 나니 과연 뿌듯했다. 근래에는 느껴본 적 없는 종류의 충만감이었다. 완성한 김에 제출도 해볼까 싶어 그렇게 했으나 뽑히리라는 기대는 조금도 하지 않았다.

이영은 독후감을 보여주지 않았다. 컴퓨터에서 문서를 삭제했다고 했다. 나는 이영이 다만 멋쩍어서 둘러대는 거라 여겼지만 이영은 정색하며 사실이라고 했다. 관계자로부터 당선 소식을 전해 듣고 당황하여 그랬다는 것이었다. 주최 측에 사실을 털어놓고 상을 사양해야 한다는 생각도 들었으나 하루가 지나고 나니 불편한 마음이 누그러졌다. 그래도 찝찝함은 남아 책을 완독하기로 했다. 물론 책 읽기는 크나큰 고역이었던 터라 이영은 '그냥 한번'에 대한 후회가 막급이었다고 했다.

"너는 운이 좋았던 거야. 아니면 재능이 있거나. 상황을 되돌리거나 대가를 치러야 되는 일이 아니라고. 안 어울리게 웬 결벽증이야."

이영은 나를 뚫어지게 바라보다 피식 웃었다.

"그러게. 죽을 때가 됐나?"

이영은 자신의 한쪽 팔을 베고 누워 한참 동안 허공에 시선을 띄워놓고 있었다.

*

이영이 한국에 돌아오기 전까지는 자세한 이야기를 나누지 못했다. 길병소의 연인이 다녀간 뒤 서너번 전화를 걸었는데 계속 휴대폰이 꺼져 있었고 메시지를 남기고 하루가 지나도 답신이 없었다. 평소에도 그런 경우가 더러 있었던 터라 염려와 불안이 하릴없이 극대화되지는 않았지만, 길병소의 일을 전해들은 뒤라서인지 불길한 망념이 불쑥불쑥 솟구치는 것을 심상하게 방치하기란 쉽지 않았다. 연락해볼 만한 곳을 나는 전혀 알고 있지 못하다는 사실에 새삼 무안해지면서 녀석의 자취방에라도 찾아가보려던 참이었는데 답신이 왔다. 보스니아-헤르체고비나에 와 있으며, 통화료가 비싸니 큰일이 난 게 아니라면 귀국 후 연락하겠다는 내용이었다. 그 순간 나에게 스친 생각을 읽기라도 한 듯 녀석은 곧이어 자신의 휴대폰에는 무료통화 애플리케이션은 깔려 있지도 않고 다운받을 생각도 없다는 메시지를 보냈다.

나는 여자가 찾아온 일과 그와 관련한 나의 의문들을

상세히 써 보냈다. 반나절이 지나 비로소 이영이 메시지를 읽었다는 것을 확인했다. 답신은 그로부터 다시 반나절이 지나서야 받을 수 있었다.

　—알았어. 그분한테 연락해볼게.

그게 다였다. 나의 의문들에 대한 답은 내용이 긴 만큼 시간이 걸리는가 싶어 기다려보았지만 이영은 그대로 묵묵했다.

어쩌면 이영이 길병소의 죽음을 이제 알게 된 것인지도 모른다는 데 생각이 미치자 당장 자초지종을 알고 싶다는 나의 갈급이 누그러졌다. 모든 일에는 순서가 있는 법이고, 제삼자의 궁금증 해소가 당자의 애도보다 앞서는 일일 수는 없었다.

6

이영의 독후감은 인터넷에서 찾아 읽었다. 책을 출간한 출판사의 홈페이지에 올라와 있었다.

달필이라고는 할 수 없었지만 뭔지 모를 감동이 그윽하게 차오르는 글이었다. 1등을 했으니 마땅히 남다른 면모를 지닌 글일 것이라 짐작했지만 예상보다 훌륭해서 많이 놀랐다. 유려한 꾸밈말이나 다채로운 낱말을 쓴 것도 아니고 기본에 충실한 단문들의 연결만으로 유심한 정서를 읽는 이의 폐부에까지 전달하기란 보통의 내공으로는 어려운 일일 텐데, 독서는커녕 글쓰기에도 별 흥미가 없는 녀석이 어떻게 그럴 수 있었는지 당최 납득되지 않았다.

"나의 내공이 아니라 저자의 내공이야. 누군가 내 글을 읽고 한순간이라도 찡했다면 그건 루카 에글리씨가 책에 담은 마음을 느꼈기 때문일 거야. 나는 그냥 다 차려진 밥상에 숟가락을 얹은 것뿐이라고."

웃음이 터졌다.

"여우주연상 탔냐? 익은 벼 코스프레는 집어치워."

"진심이야."

이영은 정색했다.

의외였다. 진심이라는 말만큼 허상인 것은 없다고 말하던 녀석이었다. 진심을 강조하는 사람일수록 상대는 전혀 다른 마음일 수도 있다는 걸 인정하지 않으려는 사람일 가능성이 크다고 했다. 그 사람에게 가장 중요한 것은 언제나 자기 진심뿐이니까. 또한 진심의 입장에서만 보면 선행과 악행이 다르지 않다고도 했다. 선행도 악행도 누군가의 진심으로 일어나기 때문이라나. 그렇게 완전히 다른 것들을 손쉽게 동일한 것으로 묶어버리는 어설픈 기준을 오로지 긍정적인 의미로만 남용하는 방식이 너무 싫다면서, 이영은 몸서리를 치기까지 했었다.

나의 진심은 너에게 글쓰기 재능이 있는 것 같으니 그쪽으로 본격적인 훈련을 해보면 좋겠다는 것이었는데, 독후감 1등 사건과 관련하여 더이상의 이견은 불허하겠다는 듯한 철벽의 기운에 밀려 나도 모르게 입이 닫혔다. 하긴 나의 조언은 결국 이영이 살아가는 방식에 관한 이야기가 될 것이었고 그 대화의 끝이 어떻게 될지 나는 이미 알고 있었다.

"사람은 누구나 반드시 자기가 가장 잘할 수 있는 일을 찾아 그 일에 일생을 바쳐야 해? 그렇게 살아야만 의미가 있는 건가? 그렇게 살기만 하면 의미가 있어? 진짜로 그래?"

이영이 그 말을 한 건 약 이십년 전, 그러니까 부모님과 우리 자매가 아직 나주의 집에서 함께 살던 시절이었다. 나는 대학생이었고 이영은 고등학생이었다. 이영의 대학 문제와 관련하여 이영의 장래에 대해 아버지가 이런저런 훈계를 쏟아내던 상황이었다. 아버지는 그다지 강압적인 어조는 아니었고 이영 역시 그렇게 반항적인 어조는 아니었는데, 어쨌거나 아버지 말의 핵심은 미래를 계획해야 한다는 것이었고 이영 말의 핵심은 왜 그래야 하는지 모르겠다는 것이었으므로 두 사람의 대화는 합의점에 도달하지 못한 채 시종 겉돌 수밖에 없었다. 그러다 아버지가 갑자기 고함을 쳤다. 그토록 큰 소리로 화를 낸 건 그때가 처음이었다.

"너는 내가 헛살았다고 말하고 싶은 거냐!"

이상한 결론이었다. 이영은 벙벙한 표정을 지었고 어머니와 나도 그랬다. 잠시 뒤엔 아버지도 같은 표정이 되더니 불쑥 자리를 떴다. 어머니는 이영의 태도가 나에게서는 겪어본 적 없는 종류의 전면적 거역이라 아버지가 당황해서 그런 거라고 했다. 이상한 해석이었다.

이영은 대학수학능력시험을 치르지 않고 고등학교를 졸업했다. 영영 대학에 가지 않겠다고 결심한 것은 아니었다. 대학에 가야 할 이유가 생기면 그때 가겠다고 했다. 아버지는 받아들이지 않았고 어머니는 아버지와 이영을 번갈아 가며 편드느라 동동거렸는데 그러거나 말거나 이영은 저 홀로 평온해 보였다. 그런 이영이 신기하기도 하고 얄밉기도 했다. 이영을 향한 부모님의 불안과 개입은 이영이 스물여섯살에 방송통신대학교에 입학하면서 일단락되었다.

이영이 정보통계학과에서 한 학기를 수강한 뒤 그만두고 다음 해에 다시 농학과에 들어갔지만 두 학기 만에 그만두면서 그대로 대학 공부를 작파했다는 사실은 나만 알고 있다. 당시 이영과 나는 인천에서 함께 살고 있었는데, 회사에서 퇴근하고 돌아오니 이영이 술상을 제대로 차려놓고 나를 기다리고 있었다. 뭔가 부탁할 일이 있다는 뜻이었다. 이영은 학교에 자퇴서를 냈으며 이제 대학에는 들어가지 않겠다면서 부모님에게는 비밀로 해달라고 했다. 그럼 앞으로 어떻게 할 거냐고 물었다.

"글쎄. 마음이 동하는 일이 생길 때까지 좀 있어봐야지."

나는 잠자코 술잔을 비운 뒤 상을 뒤집어엎었다. 나중에 돌이켜보니 그 순간의 내가 이해되지 않았다. 이영이철이 없고 충동적이며 자기중심적인 사람이라는 생각은종종 해왔었다. 그렇다고 해서 진지하지 않다거나 무책임하다거나 남의 사정에 무관심하다고는 생각하지 않았다.그래서 평소에는 이영이 고쳤으면 하는 문제로 여겨지는점들이 결국에는 이영이 지닌 고유한 성질일 거라는 결론으로 귀결되곤 했었는데, 그날은 이상하게 더는 못 봐주겠다는 심정이 극단까지 치달았다. 이영에게 화가 폭발한것도 처음이었고 더욱이 누군가를 향한 화가 물리적 파손의 형태로 나타난 것도 처음이었다.

이영이 아무것도 하지 않은 건 아니었다. 편의점, 패스트푸드점, 카페, 와인바 등 온갖 곳에서 아르바이트를 끊임없이 했고, 그렇게 번 돈으로 생활비 일부를 내고 학비도 내고 가끔 부모님에게 용돈도 보냈다. 여섯달 일하고한달 쉬는 패턴을 유지했기 때문에 전세 대출금을 갚는데 도움을 주거나 저축은 못했지만 나는 녀석을 신통하게여겼다. 하지만,

"언제까지 그렇게 살 수 있을 거라고 생각해? 서른 마흔 넘어서도 그렇게 살 거야? 꼴랑 아르바이트나 하면서?너는 세상이 그렇게 만만하냐!"

그날은 그렇게 내지르고 있었다.

이영은 잠자코 나를 바라보다 천천히 어질러진 바닥을 치우기 시작했다. 나는 곧 나의 잘못을 깨달았지만 어떻게 수습해야 할지 모르겠어서 욕실로 들어가 샤워를 했다.

사과는 이틀 뒤 했다. 이영은 피식 웃으며 말했다.

"가족이라는 게 이상하지? 실은 피차 전혀 다른 사람들인데 서로 연결되어 있다고 믿게 만들잖아. 아주 쉽고 당연하게."

메마른 피로감이 배어 있는 표정에 어딘가 허전함이 느껴지는 말투였다. 냉소인가 싶었는데,

"너무 미안해하지 마. 나도 언젠가 갚아줄 날이 있을 테니까."

하고 놀리는 어조로 덧붙인 뒤 이영은 깔깔깔 웃었다.

이영은 독후감에서 저자가 세계 각국의 묘지 기행을 떠난 것은 자신의 아버지가 어딘가에 묻혔다면 그 무덤은 어떤 모양일지 상상해보기 위해서였을 거라고 썼다. 그가 어디에도 묻히지 않았다는 것은 묘를 쓰지 않았다는 것인지 쓸 수 없었다는 것인지, 그것을 본인이 원한 것인지 원하지 않았지만 그렇게 된 것인지, 그래서 그의 무덤이 없다는 것이 저자에게 어떤 의미인지 알 수 없지만, 저자의

걸음걸음은 한 사람의 생을 향한 지극한 인사로 느껴진다
고 했다. 그것이 그 사람의 생의 문을 열며 건네는 만남의
인사인지, 문을 닫으며 건네는 작별의 인사인지 역시 알
수 없지만.

다만 짐작 가능한 한가지 사실이 있다면, 한번이라도
지극함을 가슴에 들이고 자신의 움직임에 그 마음을 실어
본 사람이라면 자신이 만나는 모든 대상에게 그 마음이
스스로 길을 내게 되어 있으며, 따라서 한 사람을 향해 시
작된 저자의 여정은 어느 순간 자신도 모르게 그 모든 무
덤 속 사람들에게 다가가는 걸음으로 전화되었을 거라는
점이라고, 이영은 썼다. 그리고 이런 문장이 이어졌다.

어쩌면 연결이란 그렇게 발생되는 것인지도 모른다.

그 부분을 읽으며 나는 십여년 전 그날 이영이 했던 말
을 떠올렸다. 너무나 쉽고 간단하게 서로 연결되어 있다
고 믿어버린다는 말. 역시 냉소가 맞았다는 생각이 들었
다. 그렇지 않느냐고 했더니 이영은 기억이 안 난다는 듯
고개를 갸웃했다. 상을 엎었던 장면을 포함해 앞뒤 정황
을 자세히 설명해주자 그제야 떠오른 듯 외마디 감탄사를
내뱉었다. 그러고는 잠깐 궁리해보다 말했다.

"피곤한 표정과 허전한 말투는 나 아니고 언니 너였어."

"뭐래."

"언니가 사과했을 때 딱 그랬다고. 그래서 내가 화를 못
낸 거야."

내가 기억을 더듬는 사이 이영은 또 말했다.

"그 시절 언니는 주구장창 그랬어. 피곤해하고 허전해
하고. 거의 웃질 않았어. 어쩌다 한번 웃을 때는 냉소였고.
저러다 언제 한번 터지겠다 싶었는데 하필 나한테 터뜨리
길래 나도 꽤나 억울했다고."

생각해보니 이영의 말이 맞았다.

그때 나는 서른이었다. 포르투갈에 간 것은 그해였다.

7

포르투갈에서 그녀를 만났다. 그녀의 이름은 아드리아나. 아드리아해에서 태어난 아이라는 의미를 품고 있다고 했다. 당연히 아드리아나가 아드리아해에서 태어난 것은 아니었고, 아드리아해를 끼고 있는 이탈리아나 발칸반도에서 태어난 것도 아니었다.

그녀의 부모가 발칸반도 출신이긴 했다. 어머니는 몬테네그로, 아버지는 알바니아 태생이었다. 아니, 그 반대였나? 여하간 둘 다 걸음마를 떼기도 전에 가족과 함께 포르투갈로 이주한 뒤로는 한번도 국경을 넘은 적이 없어 아드리아해를 직접 본 적은 없다고 했다. 아니, 어쩌면 봤지만 기억을 못하는 것일 수도 있다고, 아드리아나는 말했다. 어쨌거나 아드리아나의 어머니와 아버지는 언젠가 아드리아해의 깊고 푸른 물을 보러 갈 거라는 소망을 담아 딸 이름을 아드리아나로 지었다고 했다.

"이름은 운명이야."

아드리아나는 말했다.

무슨 운명까지. 우연과 인연의 중간쯤 되는 어떤 것이라면 모를까. 그렇게 말하는 대신 나는 그녀가 말을 잇기를 기다렸다. 이름이 생을 입고 그녀를 이끈 운명적 행보가 어땠는지. 그녀는 그대로 침묵했다.

"그래서 그들은 결국 아드리아해를 보았니?"

그녀는 고개를 저었다.

"보지 못했어. 끝내 보지 못하고 죽어버렸지."

"너는?"

"나도 아직은."

"보러 갈 거야?"

그녀는 다시 고개를 저었다.

"왜?"

"운명을 거스르고 싶은 건 인간의 본능이니까."

아드리아나는 그렇게 말하며 갑자기 웃음을 터뜨렸다. 나는 당황했다. 웃음의 타이밍이 이상했다. 그녀가 어떤 타이밍에 웃는 사람인지 알지 못했으므로 나는 그 웃음의 진짜 의미를 파악할 길이 없었다. 말장난인가.

"운명을 거스르면 너는 다른 이름을 갖게 되는 건가?"

그녀는 또 고개를 저었다.

"나는 내 이름이 좋아."

나는 다시 당황했다.

"뭐라고?"

아드리아나는 또다시 웃음을 터뜨렸다.

"너는 어때?"

"뭐가?"

"너의 이름은 어떻게 지어졌는지, 그리고 그 이름이 마음에 드는지 궁금해."

내가 남자아이로 태어났다면 내 이름은 도이수가 아니라 도일수가 되었을 것이었다. 친가의 항렬에 따르면 아버지의 아들은 '수' 자 돌림으로 이름을 지어야 했고, 어머니가 첫아이인 나를 가졌을 때 황금색의 거대한 용이 승천하는 꿈을 꾸는 바람에 모두들 아들이라 확신했다. 그렇게 내가 태어나기도 전에 이미 일수라는 이름이 지어졌는데 낳고 보니 딸이라 이수가 된 것이었다.

그래도 첫아이인데 아들이 아니라는 이유로 1이 아니라 2가 되는 건 말이 안 된다고 어머니는 반발했다. 아버지는 그도 그렇다는 생각이 들었으나 역시 일수는 장남의 이름이어야 한다는 생각도 들어 여자아이 이름으로는 일수보다 이수가 낫지 않겠느냐고 어머니를 구슬렸다. 어머니는 그도 그렇다는 생각이 들었으나 아버지가 어쨌거나 집안의 항렬에 따라 '수'를 넣지 않았냐고, 그거면 됐지 않느냐고 하는 바람에 다시금 반발했다. 그 말 속에는 '딸임에도 불구하고'가 전제되어 있다는 걸 어머니는 알아차린 것이었고, 아버지는 처음에는 부인하다 결국 인정할 수밖에 없었는데, 그러고 난 뒤 두 사람은 이름의 문제는 차치하고 어째서 상대방이 '딸임에도 불구하고'를 문제로 삼는지, 어째서 상대방이 '딸임에도 불구하고'를 문제로 인식하지 못하는지 싸우기 시작했다.

두 사람의 합의는 이름의 한자를 정하는 것으로 이루어졌다. 이수의 '이'는 '이로울 이', 일수의 '일'은 '편할 일'로 하기로 했다. 물론 '수'는 둘 다 '빼어날 수'였다. 하지만 삼년 뒤 태어난 아이도 여자아이였기 때문에 녀석은 일수가 아니라 이영이 되었다. 이영이 태어났을 때는 아무런 싸움도 일어나지 않았다. 어머니는 그놈의 알량한 '수' 자도 넣기 싫다고 했고, 녀석이 딸이었기 때문에 아버지는 말리지 않았다. 이영의 '이'는 나와 같은 '이로울 이'였고, '영'은 '밝을 영'이었다.

일수는 태어나지 않았다. 이영이 태어나고 삼년 뒤 어머니는 다시 아이를 가졌지만 형편도 안 되고 아이 셋을 돌보기엔 기력도 쇠하여 결국 임신 중절을 결정했다. 당연히 아버지는 펄펄 뛰었다. 처음엔 생명이란 자고로 어쩌고를 논지로 밀어붙였지만 어머니가 끄떡도 하지 않자 결국 일수를 없앨 수는 없다고 악에 받쳐 울부짖는 것으로 진짜 속내를 내보였다. 어머니는 어이가 없었지만 그 아이가 일수일지 아닐지 네가 어떻게 아느냐고, 일수가 아니면 없애도 된다는 뜻이냐고 따지는 대신 아버지의 격동이 잦아들 때까지 말없이 기다렸다가 말했다. 미안해. 미안해요. 미안합니다.

그런 일이 있었다고, 어머니는 내가 스물네살 때 들려주었다. 대학을 졸업하고 나주 집에서 독립해 서울로 떠나기 하루 전날이었다.

마취제가 주입되고 의식이 풀썩 꺼지기 바로 직전 콧속으로 알코올 냄새가 훅 끼쳤던 기억이, 정확히는 몸의 감각이 아직도 잊히지 않는다고 말하며 어머니는 엉엉 울었다. 어머니가 소리 내어 우는 건 처음 보았다. 당황했으나 당황하지 않은 척했다. 대성통곡은 누구든 어떤 이유로든 언제나 해도 되는 일상다반사에 불과하니 나는 신경 쓰지 말고 마음껏 하시라는 뜻을 전하느라 그랬지만, 억지로 심상한 척 애쓰느라 정작 어떤 말도 해주지 못한 것이 한동안 마음에 남긴 했다. 뒤늦게 어떤 말을 해주는 게 좋았을까 생각하며 여러 문장을 떠올려보았지만 어떤 말도 양에 차지 않았다.

아버지는 평소 술을 즐기지 않았으나 아주 가끔씩 몸이 휘청거릴 만큼 만취해 집에 들어오곤 했다. 그럴 때마다 여지없이 나를 불러 앉히곤 이렇게 말했다. 일수야, 미안하다. 일수야, 너는 잘 살아야 한다. 그 말을 들을 때마다 나는 숨이 턱 밑까지 차오를 만큼 답답했고 때로는 온몸의 피가 거꾸로 솟는 것 같은 울분을 느꼈다. 하지만 서울로 떠나기 하루 전날 아버지가 그 말을 했을 때는 이상하게도 연민에 가까운 감정이 일었다. 그래서 나는 처음으로 이렇게 말했다. 네, 걱정 마세요. 미안해하지도 마시고요. 저는 잘 살 거예요.

아드리아나는 아들이 물려받는 돌림자 관습과 일수를 끝내 만나지 못한 아버지의 여한을 이해하는 데 한참 걸렸다. 나는 한국인의 낡은 집단의식이랄까 역사랄까 하는 이야기를 두서없이 늘어놓았는데 그러고 있자니 기분이 묘해졌다.

"내 이름이 이토록 긴 시간과 사연을 품고 있었는지 몰랐어."

아드리아나는 고개를 끄덕였다.

"그렇다니까. 한 사람의 이름은 그냥 지어지는 게 아니야. 이전의 시간과 그 시간을 통과한 사람들의 마음이 깃

들어 있으니까."

"그게…… 좋은 일인가?"

"너는 네 이름이 마음에 들지 않니?"

그런 식으로는 생각해본 적 없었다. 좋다거나 안 좋다거나. 뭐랄까, 내 이름은 그냥 나였다. 나 자신을 나와는 분리되는 타인으로 여겨본 적 없는 것과 마찬가지로.

그렇게 말하자 아드리아나는 야릇한 미소를 지었다.

*

아드리아나를 만난 건 리스본의 테주강 앞에서였다. 더 정확히는 테주강변에 있던 포르투라는 이름의 술집 야외석이었다.

나는 야외석에 앉아 테주강을 바라보며 맥주를 마시고 있었다. 한병을 마신 뒤 가방에서 담배를 꺼내 한대를 입에 문 채 라이터를 찾고 있었다. 라이터는 가방에도 주머니에도 없었다. 그럴 리가 없는데, 어딘가 있을 텐데. 나는 차츰 초조해지며 가방 속을 좀더 열심히 구석구석 뒤졌다. 그때 누군가 라이터를 내밀어 불을 붙여주었다. 그녀가 아드리아나였다.

여행 가이드북에서 얼핏 보고 기억해둔 감사 인사말을

전했다.

"오브리가두."

"노. 오브리가다."

발음을 교정해주려는 것으로 알았는데 알고 보니 남자와 여자의 감사 인사가 달라서 알려준 것이었다. 오브리가두는 남자의 인사였고 오브리가다는 여자의 인사였다. 우리의 대화는 그렇게 시작되었다.

내가 그녀와 대화를 나눈 시간은 총 일곱시간이었다. 고작 그랬다. 고작 그랬을 뿐인데, 그뒤 나는 이전과는 전혀 다른 삶을 살게 되었다. 일곱시간의 대화만으로 어떻게 그것이 가능했을까.

일곱시간을 쉬지 않고 대화를 나눈 건 아니었다. 술집에서 두시간, 그녀가 운영한다는 요가원으로 걸어가면서 삼십분, 그녀의 요가원에서 요가를 한 뒤 세시간, 그녀의 요가원에서 잔 뒤 아침에 일어나 삼십분, 요가를 한 뒤 한시간 대화를 나누었다.

그녀와 헤어지고 공항으로 향하는 버스 안에서, 사람과 사람이 만나 할 수 있는 대화는 모조리 나눈 것 같다는 느낌이 들었다. 고작 일곱시간이었는데. 참으로 이상한 경험이었다.

그 순간 그 사람은 사람 같지가 않았어. 뭐랄까, 입자라고 해야 할까. 더는 쪼개지지 않는 궁극의 단위 같은 거. 그 모습은 어쩐지 그 사람의 전부를 말해주는 듯했지. 그런데 그게 뭔지는 도무지 모르겠더라.

그것은 아드리아나의 요가원 한쪽 벽에 걸려 있던 액자 속 문장이었다. 고대의 철학자가 깃털 펜으로 쓴 게 아닌가 싶을 만큼 서체가 고전적이고 유려하여 한참을 들여다보았다. 영어였더라도 굴림과 기울임이 심한 흘림체를 읽기란 쉽지 않았겠지만, 더욱이 그것은 포르투갈어였으니 당연히 읽을 수 없었고 의미도 알 수 없었다.

아드리아나가 영어로 한참 설명해주었는데도 잘 이해되지 않았다. 입자, 궁극, 단위와 같은 단어를 알아듣지 못해서였다는 건 나중에 알았다. 어떤 소설에 나오는 대사라는 것과 그 소설을 좋아했던 어머니가 쓴 글씨라는 건 알아들었다.

한국에 돌아와 사진으로 찍어 온 그 문장을 번역해보았다. 모든 단어를 포르투갈어 사전에서 찾아야 했고, 단어를 찾았다고 해서 곧바로 문장을 온전히 이해하게 되는 것은 아니었으므로 번역이 완료되는 데는 꼬박 나흘이 걸렸다. 썼다 지웠다 하며 문장을 완성하느라 A4 세장을 썼다. 고작 다섯 문장이었는데. 구글 번역 앱이 출시되기 전이었다.

평서문의 문장을 완성한 뒤 구어의 뉘앙스를 입혔다. 등장인물의 대사라고 했으니 그래야 할 것 같았다. 그렇게 완성된 문장은 손바닥만 한 크기의 메모지에 적혔고, 한동안은 책상 어디쯤에 머물다 책갈피처럼 이 책 저 책을 옮겨 다니고는 마침내 『믿음의 형식』에 들어갔을 터였다.

그리고 그곳에서,

자신의 역사를 지운 채 아무 일도 없었다는 듯 조용히 숨죽이고 있었던 것이다. 아니, 기다렸던 것일까? 하지만 무엇을?

어쩌면 나를.
아마도 나를.

그 문구를 써놓은 오선지 메모지는 포르투의 헌책방에서 산 것이었다. 길병소의 연인이 가져다준 시집도 그곳에서 샀다. 특별한 이유는 없었고 일종의 기념품 구입이었다. 시집은 종이나 제본 방식도 그렇고 디자인이나 활자 모양도 그렇고 한국 서점에서는 한번도 본 적 없는 유형의 오래된 고서처럼 보여서 샀다. 메모장은 오선지로 이루어져 있었으나 선들의 간격이 너무 좁아 음표를 찍기도 어려울 것 같고 그렇다면 그냥 메모 역할만 할 수 있을 텐데 군이 오선지로 디자인할 필요가 있나 싶은 것이 그 또한 한국에서는 본 적 없는 유형이라 샀다.

시집은 『Alba Plena: Vida de Nossa Senhora』라는 책이었다. '알바 플레나'는 동백나무의 일종이며 부제는 '성모님의 삶'이라는 뜻이었다. 저자는 아우구스투 질. 당연히 포르투갈의 시인이었고 주로 자연과 빈곤을 주제로 시를 썼다. 아드리아나의 어머니가 필사했다는 문장을 번역하다 지쳐 머리도 식힐 겸 인터넷 검색으로 알아본 것이었다.

포르투갈에도 동백나무가 있구나 생각하며 조금 놀랐던 기억이 있다. 포르투갈의 동백나무는 어떻게 생겼을까 상상하며 잠깐 멍해진 기억도.

8

포르투갈에 가기 전 회사에 사직서를 낼 때만 해도 내가 직업을 바꾸게 되리라고는 짐작조차 못했다.

아드리아나를 만나지 않았더라면 나는 계속해서 광고 디자이너의 길을 갔을 것이다. 아니, 광고업계에 흥미를 잃고 다른 분야로 갔을 수도 있다. 그렇더라도 디자인과 무관한 일을 하지는 않았을 것이다. 아니, 그 또한 장담할 수 없으려나. 뜻한 대로 인생이 흘러간다는 건 인생의 본성과 맞지 않는다는 사실을 이제는 알고 있다.

최소한 요가 강사가 되지 않았을 거라는 점은 분명하다. 그전까지 내 삶에서 요가는 단 한번도 관심의 대상이 된 적 없었다. 요가는커녕 아예 운동 자체에 흥미가 없었다. 자기관리는 현대인의 필수 덕목이므로 운동을 해야 할까, 해야 하는데, 하는 압박감을 가끔씩 느끼기는 했다. 하지만 그뿐. 대개는 그 시간에 잠을 자는 것이 훨씬 자기

관리에 도움이 된다고 여겼다. 몸을 가만히 내버려두는 것, 그것은 내가 나의 몸에게 선사할 수 있는 가장 큰 휴식이었다.

하긴. 내가 회사에 그렇게 갑작스레 사직서를 낸 것도 짐작 못한 일이긴 했다. 그것도 그렇게 어이없는 계기로 말이다.

어느 날 회사 사무실이 있는 건물 엘리베이터에 갇힌 일이 있었다. 비상벨은 작동하지 않았고 휴대폰도 사무실에 놓고 나온 참이었다. 순식간에 공황에 빠졌다. 평소 폐소공포증이 있는 것도 아니고 압박적 상황에 대한 마인드 컨트롤이 꽤 능숙한 편이었는데도 그랬다. 다행히 발작에까지 이른 것은 아니었지만 머리가 핑 돌면서 다리가 후들거리고 호흡도 가빠졌다. 그러다 어느 순간 전등까지 나가버렸다. 나는 주저앉았다.

차라리 기절이라도 했더라면 좋았겠지만 이대로 의식을 놓으면 안 된다는 의지가 저절로 굳세어지고 있었다. 하지만 그것은 다만 주먹을 쥐거나 이를 앙다물거나 눈에 힘을 주는 식으로 몸을 긴장시켜 최대한 정신의 이완을 막으려는 시도였을 뿐 합리적인 생각을 할 수 있는 상태로 머리가 말짱해지는 과정은 아니었다. 엘리베이터가 추락하거나 산소가 부족해서 죽는 상황 같은 건 아예 떠오르지도 않았다. 그러니까 죽음을 정확히 인식한 데서 온 두려움이 아니었다. 그 순간에는 나 자신이 무엇에 대해 어떻게 반응하고 있는지 의식할 겨를이 없었다.

그것은 어떤 내용도 담고 있지 않은 순수한 공포였다.

삼십여분이었다. 고작, 그랬다. 믿어지지 않았다. 하긴 서너시간이었다고 해도, 아니 하루 꼬박이었다고 해도 마찬가지였을 터였다. 끝 간 데 없는 시간의 양을 표현할 수 있는 수치가 있을 리 없었다.

조퇴를 하고 집에 돌아와 기절하듯 잠이 들어 다음 날 아침까지 죽은 듯이 잤다. 열다섯시간을 내리 잤는데도 기력이 회복되지 않아 회사에 전화를 걸어 하루 휴가를 신청했다. 그리고 다시 종일 잤다. 그러기를 닷새간 반복했다. 이영은 한달 휴식기였던 터라 주로 집에서 시간을 보내던 중이었는데 그때는 일부러 아침 일찍 나가 밤늦게 돌아왔다. 첫날에는 보양식을 만들어주겠다고 설레발을 치더니 나의 상태를 파악하곤 손쉽게 먹을 수 있는 김밥이나 초밥, 죽 등을 사서 조용히 냉장고에 넣어두었다.

회사의 경영지원팀 직원은 날이 갈수록 통화 목소리가 뾰족해졌다. 마뜩잖은 기색을 보인다는 상사들의 직위도 점차 높아졌다. 경영지원팀 직원은 최대한 온건한 단어를 써가며 그들의 불만과 지침을 전했지만 나는 그들이 어떤 표정으로 어떻게 말하고 있을지 충분히 짐작하고도 남았다. 오년간 다닌 회사였고 한달에 사오일을 제외하곤 거의 매일 보거나 연락을 주고받은 사람들이었다.

매일 아침 결근 통보를 하며 나는 한번도 죄송하다는 말을 하지 않았다. 내가 맡고 있는 팀 직원들의 업무 관련 문의에 뒤늦은 답신을 보낼 때도 마찬가지였다. 한주가 지나 회사에 출근했을 때도 그랬다. 별다른 의도가 있지는 않았다. 이상하게 그 말이 안 나왔다. 감사하다는 말만큼이나 수시로 사방에 하던 말이었는데, 그땐 그랬다. 그 말이 내 안에 없었다. 아니, 마음이 없었던 것인가.

나는 뭔가가 달라졌다는 걸 알았다. 하지만 정확히 무엇이 달라졌는지는 알지 못했다. 막연한 이질감과 어색한 분절감이 아련히 감지될 뿐이었다. 그런 채로 한달이 지나갔다. 그리고 사직서를 제출했다.

철수(撤收).
포르투갈어로는 르티라다(retirada).

나에게 일어난 변화에 대해 아드리아나는 그 단어를 썼다. 물론 실제로는 영어를 사용했다.

본래 나의 것이 아니었던 것들이 철수된 거라고, 아드리아나는 말했다. 갑작스러운 충격이 그것들의 접착력을 무력화시킨 거라고. 옷을 탁 털면 그것에 붙어 있는 먼지가 떨어져 나가는 것처럼.

"그럴 때 사람은 비로소 자신에게 집중하게 되어 있어. 본래의 자신에게. 그때 이렇게 묻게 되지. 나는 누구인가. 물론 반드시 외부적 충격을 통해서만 그렇게 되는 건 아니지만."

어려운 말이라고 하자 아드리아나는 요가를 해본 적 있느냐고 물었다. 한번도 해본 적 없다고 대답했다.

우리는 리스본의 테주강변 술집 야외석에서 맥주를 마시고 있었고, 내가 왜 포르투갈로 여행을 오게 되었는지 이야기하던 중이었다. 처음에는 간단한 대답이었는데 아드리아나가 계속 질문을 덧붙이는 바람에 사연의 부피가 점차 불어났다. 맥락이 생각보다 광범위하게 연결되어 있었다는 걸 나는 말하면서 깨닫게 되었다.

9

대학에서 광고디자인을 전공하고 서울로 올라와 두곳
의 회사를 다녔다. 첫 회사의 이름은 위드광고디자인. 명
목상 광고 업체였을 뿐 딱히 기발한 아이디어나 고난도의
디자인이 필요하지는 않은 전단지, 스티커, 현수막, 플래
카드, 명함, 입간판 등을 만드는 인쇄제작업체에 가까웠
다. 그곳에서 팔개월 일했다.

직원은 나까지 모두 세명이었다. 그중 한명은 사장의
사촌동생으로 회계 업무를 맡고 있었고, 나는 디자인실
장, 다른 한명은 편집팀장으로 명함에 박혀 있었으나 우
리 둘의 업무는 거의 구별되지 않았다. 실장과 팀장이라
는 직명은 그 자체가 이미 의미와 기준이 불명확한 허명
이었으며 굳이 디자이너를 디자인 전공자로, 편집자를 국
문학 전공자로 뽑을 이유도 없어 보였다. 하지만 이 모든
경계와 인과가 뚜렷했더라도 업무 환경이나 월급이 달라

질 것은 아니었기에 별문제로 여기진 않았다.

사장은 종종 조만간 회사를 키워 대기업의 광고 외주 업체로 자리 잡을 거라고 큰소리쳤다. 그 말이 수당 없는 야근과 임금 체불 때마다 꺼내는 레퍼토리이며 여기에는 '너희가 열심히만 해준다면'이라는 전제가 깔려 있다는 사실을 알기까지는 긴 시간이 걸리지 않았다.

무엇보다 참기 어려웠던 건 사장이 일주일에 한두번씩 낮술을 하고 사무실에 들어와 자기 이야기를 쉴 새 없이 쏟아낸다는 점이었다. 이야기의 대부분은 남의 욕이었다. 아내와 아들을 시작으로 일가친척과 친구, 고객, 옛 직원, 이웃, 그외의 지인 들과 한국사람, 종국에는 인간이라는 종 자체를 신랄하게 씹어댔다. 실제로 갖은 쌍욕을 뱉어내곤 했는데 한두시간 그러고 나면 불가마 사우나에서 열과 습기로 독소를 제거한 사람처럼 흐물흐물해져서는 그대로 소파에 드러누워 곯아떨어졌다. 요란한 코골이와 함께 한판 잘 자고 일어난 사장은 뽀얗고 느긋해진 얼굴로 피자나 치킨 따위의 배달 음식을 선심 쓰듯 주문해주곤 퇴근했다.

나와 편집팀장은 견디다 못해 회계부장에게 귀가 썩는 것 같다는 고충을 호소하며 업무 환경 개선을 요구했지만—회사 일에 관한 거의 모든 의논은 그녀와 하게 되어 있었다 — 회계부장은 사장의 어린 시절까지 들먹여가며 그를 집요하고 그악스럽게 헐뜯는 방식으로 우리의 스트레스에 공감을 표하고는 할 일을 다했다는 태도를 취했다.

나와 편집팀장은 담합하여 사장에게 의견을 전달했다. 사장은 한동안은 달라진 듯 보이더니 어느 날 또 만취해서는 우리 둘에 대한 서운함과 불만을 끝도 없이 늘어놓았다. 그나마 쌍욕은 하지 않았지만, 개인적이고 이기적이며 공동체 의식이 결여된 사람 취급을 당하는 건 귓등으로 흘려도 어처구니없다가 결국 노여워지는 일이었다.

그런 일이 몇번 반복되자 편집팀장은 회사를 그만두었다. 나 역시 당장 때려치우고 싶었으나 그럴 수 없었다. 지방 사립대학을 나온 데다 경력이 없어서인지 취업이 쉽지 않아 임시방편으로 들어간 회사였고, 그곳을 다니며 계속해서 광고 회사들에 이력서를 내고 있었지만 번번이 서류심사에서 미끄러졌다. 대출 받은 학자금에 월세와 생활비를 감당하려면 단 며칠이라도 수입의 공백이 있으면 안되는 상황이었다.

집으로 돌아가고 싶지는 않았다. 정확히는 지방의 촌구석으로. 영락하고 협소하며 어딘지 모르게 끈적끈적한. 나주 집에서 지내더라도 출퇴근은 광주로 했겠으나 나에게는 광주도 서울보다 모든 점에서 한참 뒤떨어진 지방도

시이긴 마찬가지였다. 나는 서울에서 살고 싶었다. 번듯하고 압도적인 대도시, 모든 것이 가장 발전된 형태로 존재하는 수도에서. 세련되고 산뜻하게. 말하자면 쿨하고 드라이하게.

하지만 오래된 주택가의 반지하 원룸에서 어둡고 축축한 나날을 보내며 온갖 것들이 참으로 가당찮은 회사 생활에 마음을 졸이다 보니 서울에 대한 동경이 부질없는 허영이거나 어수룩한 허상이었을지 모른다는 의심이 어렴풋이 일기 시작했다.

그 시절 한여름 폭우가 집 안까지 밀려들어와 바닥이 흥건해지고 천장 모서리에서 샌 비가 벽을 흠뻑 적신 일이 있었다. 느닷없는 사태에 허둥거리느라 벌렁 넘어져 발목 인대가 늘어나고 내 키보다 낮은 화장실 천장에 머리를 박아 네 바늘을 꿰맸다. 하늘이 진정되고 상황을 수습한 뒤 매트리스에 맥없이 늘어져 벽에 드리워진 어지러운 문양의 얼룩들을 한참 바라보았다.

나에게 속한 것, 내가 속해 있는 것들은 하나같이 비루하다는 생각이 들었다. 아니, 비루한 건 나일지도 몰랐다. 내가 비루하니 비루한 것들만이 나에게 오는 것일 터였다. 내가 바뀌면 나에게 속한 것도 바뀌려나. 하지만 어떻게?

답은 금방 나왔다. 긍정의 에너지와 청춘의 혈기로.

이미 넘치게 알고 있는 답이었다. 그 이상의 답은 없었다.

광고편집디자인 학원에 등록해 학교에서는 배우지 못한 실무적 감각과 트렌드를 익히고 무엇보다 취업을 위한 포트폴리오 작성에 도움을 받았다. 두번째 회사였던 에이도스컴퍼니를 연계시켜준 것도 그곳이었다.

*

에이도스컴퍼니는 CI 및 BI 브랜딩과 브랜드 시즌 홍보를 비롯해 옥외광고, 대중교통광고 등의 각종 광고, 기관 캠페인, 홍보 영상, 브로슈어, 리플렛, 포스터 제작 등이 주 업무였다. 직원은 삼십여명이었고 총 다섯팀으로 구성되어 있었다. 기획개발팀, 제작1팀, 제작2팀, 영상팀, 경영지원팀. 기획개발팀이 디렉터라면 제작팀과 영상팀은 실무팀이었다.

나는 제작2팀이었다. 제작1팀과 2팀은 분류 기준이 공식적으로 언급된 적은 없으나 몇달 일하고 보니 그 차이를 자연스레 알게 되었다.

기본적으로 중상위급 기업이나 기관의 일은 1팀이, 중하위급 기업이나 기관의 일은 2팀이 맡았다. 2팀이 중상

위급 쪽 일을 아예 안 하는 건 아니었는데 상대적으로 비용이 많이 들어가 클라이언트의 주목도가 높은 업무는 1팀이, 그렇지 않은 업무는 2팀이 담당하곤 했다. 진행 프로젝트 건수는 언제나 2팀이 더 많았지만 수익의 크기는 언제나 1팀이 더 컸고, 따라서 각자의 연봉이 공개된 적은 없었으나 직급과 경력이 동일해도 1팀 직원들의 연봉이 더 높으리라는 사실을 쉽게 짐작할 수 있었다.

이러한 팀 구별은 구성원의 경력이나 학벌과 어느 정도 관련이 있었다. 물론 반드시 그런 건 아니었는데 대체로 경력이 좋거나 비교적 학벌이 나은 이들이 1팀에 더 많았다. 경력이 좋다는 건 근무 연수가 길다는 의미이기도 했고 연수는 상대적으로 짧더라도 수상 이력이 있다든가 규모가 큰 회사나 프로젝트 경험이 있음을 의미하기도 했다. 연수 자체가 너무 짧거나 그러한 이력 없이 연수만 많은 직원은 대개 2팀이었다.

학력의 경우는 대놓고 밝히는 분위기는 아니었지만 평소 나누는 대화 속에서 은연중 흘러나오는 정보들—가장 뻔하게는 학벌이 잘 알려진 유명인을 선배나 후배로 부르거나 대학 시절을 회상하며 학교가 있는 구역을 언급하는 식으로—을 통해 누가 상위권 대학 출신인지 짐작이 가능했는데 그들도 거의가 1팀이었다. 2팀에도 학벌이 좋은 이가 속해 있을 때가 종종 있었지만 대부분 경력이 아직 일년을 넘지 못한 신입이었고, 어느 정도 경력이 쌓이고 뭔가 특별한 성과를 내면 1팀으로 재배정되었다. 그런 경우를 제외하면 2팀은 자신의 출신 학교나 학력에 대한 정보를 조금도 흘리지 않는 것으로 자신이 상위권 대학이나 인서울 대학 출신이 아니라는 정보를 흘리게 되는 이들이 대부분이었다. 경력도 학벌도 평범하거나 미흡한 이가 입사하자마자 1팀에 배정되는 일은 없었고 그렇게 1팀과 2팀의 차이가 분명히 보였다.

부당하다거나 불합리하다고 생각하지 않았다. 대표가 1팀과 2팀의 차이를 차별로 느끼게 하는 발언을 하지도 않았고 제도적으로도 무조건 대우가 다르지는 않았으므로 그렇게 생각할 이유가 없었다. 더욱이 성과급 제도가 있어서 때에 따라 2팀의 어떤 이는 1팀의 어떤 이보다 임금이 훌쩍 높은 경우도 있었다. 입 가벼운 상무이사가 가끔씩 그런 이들에게 지나가는 말로 한턱내라는 소리를 건네곤 했기 때문에 누구라도 그 사실을 쉽게 눈치챌 수 있었다. 한마디로 누구든 열의를 다해 일하고 자신의 능력을 충분히 발휘하기만 한다면 그에 따른 대가가 합당하게 치러지는 구조라고 할 수 있었다.

물론 프로젝트들에 대한 대표의 주목도도 그렇고, 회사

를 홍보할 때 주로 노출시키는 성과들도 그렇고, 결국 메인 팀은 명실상부하게 제작1팀이었기 때문에 2팀 내부에서는 1과 2는 그저 모양이 다른 기호가 아니라 순위나 등급을 나타내는 숫자이며 2는 언제나 2일 뿐 1이 되지는 못한다는 미묘한 열패감이 그림자처럼 깔려 있었다.

흐릿한 그림자가 불만이라는 구체적인 형태로 불거지는 것을 완화시키는 방편으로 회사에서는 일부 중대형 기업이나 공공기관이 광고회사들을 대상으로 실시하는 공개 입찰에 참여할 때 제안서에 들어갈 크리에이티브 전략과 관련해 일종의 사내 아이디어 공모 이벤트를 벌였다. 기본적으로는 기획개발팀과 제작1팀이 주도하는 업무였으나 제작2팀 직원들에게도 큰 프로젝트에 참여할 기회를 주는 것이었다.

직접적인 외주 의뢰로 진행하는 일들이 훨씬 많았기 때문에 입찰에 참가하는 경우는 자주 있는 일이 아니었고 2팀 직원의 아이디어가 채택되는 경우도, 그리고 최종적으로 제안서가 통과되는 경우도 쉬운 일이 아니긴 했다. 하지만 수주에 성공하면 큰 수익을 낼 수 있었으므로 거기에 한몫을 한 2팀 직원은 이벤트 상금을 받음과 동시에 1팀에서 그 프로젝트를 함께 수행하도록 되어 있었고 그 과정에서 업무 능력을 인정받으면 정식으로 1팀 소속이 되기도 했다.

1팀과는 달리 2팀의 아이디어 준비는 공식 업무가 아니라 각자가 따로 시간을 내서 해야 하는 일이었던 탓에 마냥 기껍기만 한 이벤트는 아니었다. 하지만 자신의 포트폴리오에 그런 이력이 추가되면 본인의 장래에 큰 도움이 될 거라는 대표의 주장대로 그것은 2팀 직원들에게 자신의 범상한 프로필을 유별하게 업그레이드시킬 수 있는 기회로 여겨졌다. 더욱이 1팀이 된다는 것은 승진과 마찬가지의 의미로 받아들여졌다. 직급이 높아지는 것도 당장 연봉이 올라가는 것도 아니었는데 그랬다.

그렇게 2팀 직원이 1팀에 배정되면 1팀에 있던 직원 한 명은 2팀으로 자리를 옮겨야 했다. 누구를 2팀으로 보낼지는 1팀 팀장의 소관이었고 팀을 옮긴 1팀 직원은 한동안 벌레 씹은 듯한 표정을 감추지 못했다. 내가 재직한 오년간 팀원 교환이 네번 있었고 그때마다 1팀도 2팀도 일의 작업 속도나 결과물의 완성도가 눈에 띄게 높아졌다.

나 역시 1팀에서 일하고 싶은 마음이 있었으므로 아이디어 공모에 몇번 도전했으나 매번 탈락했다. 실망은 질투로, 동경으로, 박탈감으로 모습을 바꿔 나를 뒤숭숭하게 했지만 나의 앞날은 내가 지금 어떻게 하느냐에 달려 있다고 스스로에게 끊임없이 암시를 걸었다. 그 앞날은 에이도스컴퍼니보다 훨씬 크고 탄탄한 조직에서 펼쳐질 것이니 굳이 1팀에 목맬 필요는 없다고. 그날을 위해 지금은 그저 나의 실무 능력을 성실히 다지고 광고업의 생리를 체득하는 것이 중요하다고. 그렇게 생각하려고 노력하자 정말로 그렇게 믿게 되었고 초조감과 결핍감도 잦아들었다. 덕분에 더욱 열렬히 회사 일에 매진할 수 있었다.

이상적인 회사라고 여기지는 않았으나 회사의 모든 것에 별 불만이 없었다. 무엇보다 앞서 다녔던 회사에 비하면 마치 근대에서 현대로 건너뛴 기분이었다. 언제나 업무량이 넘쳐 야근은 기본이고 철야를 하거나 주말에도 집에서 일해야 하는 상황이 곧잘 펼쳐졌으며 그럼에도 포괄임금제 계약으로 초과근무 수당을 제대로 받지 못하기 일쑤였지만 일다운 일을 하고 있다는 뿌듯함이 나를 꾸준히 동기화시켰다.

입사한 지 사년쯤 되었을 때 나는 제작2팀의 팀장이 되었다. 나보다 회사에 먼저 들어온 이도 있고 나보다 나이가 많은 이도 있었지만 대표는 나를 선택했다. 에이도스컴퍼니 창사 이래 최연소 팀장이라고 했다. 전 팀장이 회사를 그만두면서 얻은 기회이긴 했다. 2팀은 1팀에 비해 이직률이 높았다.

발전적.

전체회의 때 나의 승진을 발표하면서 나에 대해 대표는 그 말을 썼다. 자신은 발전적인 사람이 좋다고 했다. 결국 그런 사람이 살아남게 되어 있다고. 혁신은 언제나 그런 사람에게서 시작되는 거라며.

혁신이라는 단어가 나오자 발전적이라는 표현이 어딘지 심심하게 들려 아쉬워하던 참에 대표가 자리에서 벌떡 일어나 나를 향해 박수를 보냈다. 모두가 따라 일어나 박수를 쳤다. 순간적이긴 했으나 뭘 해도 후련하게는 풀리지 않던 오래된 피로감이 통째로 휘발되는 것 같았다. 언제부턴가 마음 한구석에 살갗처럼 달라붙어 그곳에 있다는 사실조차 알아채기 어려웠던 미묘한 초조감도. 보상의 힘이란 그런 것이었다.

10

회사 일 말고도 열의를 다해 매진한 일이 또 하나 있었다. 나의 라이프 스타일을 디자인하는 것.

대표가 평소 직원들에게 강조하는 점이기도 했다. 사람들이 구매하는 건 특정 제품이나 서비스가 아니라 라이프 스타일 그 자체인 시대가 왔다고, 대표는 말했다. 그린 라이프, 미니멀 심플 라이프, 스몰 럭셔리 라이프, 밸류 쇼퍼 라이프, 클래식 라이프 등등.

"이제 광고는 단순히 제품을 선전하는 것이 아니라 퍼스널 라이프 스타일을 큐레이션해주는 쪽으로 가야 해요. 그 사람만이 가지고 있는 고유의 색을 알아봐주는 방식으로 말입니다. 모든 상품을 다 소유할 필요 없다, 나의 라이프 스타일에 딱 들어맞는 한가지만 있으면 된다, 미래가 아닌 지금 이 순간 누구도 아닌 나 자신을 위한 삶을 사는 것이 내가 원하는 행복이다, 그렇게 생각하는 당신의 가치관을 우리는 누구보다 잘 이해하고 있다, 하는 걸 보여 줘야 해요. 그러려면 여러분이 먼저 자신만의 라이프 스타일을 찾아야 합니다. 그리고 그 스타일에 맞게 자신의 삶을 당당하고 멋지게 디자인하세요. 그럴 때 여러분은 인플루언서가 될 수 있습니다. 누구든 그렇게 살고 싶어 할 테니까요. 그럴 때 여러분의 창의성은 폭발할 것입니다. 자기만의 고유성이 스스로를 증명하는 길을 찾을 테니까요."

실제로 SNS라는 혁명적 매체가 대세를 이루면서 '퍼스널'이 광고마케팅의 주요 키워드로 떠오르고 있었다. 대표는 트렌드에 발맞춘다는 의미로 직원들 각자의 고유성과 창의성 증진을 위해 직급 호칭을 없애고 모두가 동등하게 서로의 이름에 님 자를 붙여 부르도록 하기까지 했다. 아무리 님 자를 붙인다 해도 상급자나 연장자의 이름을 호명한다는 것은 영 불편한 일이었고 그렇게 부른다 해도 이미 존재하는 분명한 위계가 없어지지도 개인의 한계 이상의 창의성이 발휘되지도 않았지만, 여하튼 퍼스널 라이프를 디자인하라는 대표의 말이 멋지게 들린 건 사실이었다. 광고 일을 계속하고 싶은 디자이너로서도, 새로운 나를 발견하고 싶은 청춘으로서도 그 말은 평생 잊지 못하리라는 확신이 들 만큼 뇌리에 깊이 박혔다.

두말할 것도 없이 내가 원하는 라이프 스타일은 세련되고 산뜻한 삶이었다. 하지만 분명한 지향점이라고 여겼던 그것은 속을 들여다보니 의외로 추상적인 욕망이었다는 걸 깨달았다. 세련된 건 무엇이고 산뜻한 건 무엇인지, 그것은 어떤 형태로 특정될 수 있는지 감이 안 잡혔다.

주거 공간이나 그곳을 채울 다양한 물건들과 관련해 떠오르는 이미지가 있긴 했다. 하지만 그것은 현실적으로 비싼 가격을 전제하고 있었고 그렇다면 결국 나의 라이프 스타일은 원하는 라이프 스타일을 구축하기 위해 돈을 많이 버는 것이 될 수밖에 없었다. 돈을 많이 버는 것은 목표나 수단은 될 수 있어도 라이프 스타일 자체가 될 수는 없었다. 라이프 스타일은 현재의 나를 말해주는 지표이지 현재를 바쳐 미래에 얻게 되는 소유물이 아니니까.

리서치가 필요했다. 모델이 될 만한 사람을 찾아내 관찰하는 것이 가장 빠른 길이었다. 모델은 금방 찾아냈다. 기획개발팀의 팀장인 지미림이었다.

지미림은 대표가 대기업의 인하우스 광고대행사에서 팀장으로 있을 때 팀원이었다가 대표가 독립해 에이도스 컴퍼니를 만들면서 스카우트한 직원이었다. 오랫동안 손발을 맞춰온 파트너인 만큼 대표는 그녀를 회사에서 가장 신임하는 듯 보였다. 회사의 주요 사안을 결정할 때도 다른 팀의 업무에 차질이 생겼을 때도 대표는 상무이사를 제치고 제일 먼저 그녀와 의논한다는 사실을 알 만한 사람들은 다 알고 있었다. 지미림이 기본적으로 업무 능력이 뛰어나서이기도 했겠지만 대표의 충동성과 편향성을 그녀의 현실적이고 이성적인 성향이 적절히 완화해주기 때문이라는 평가도 있었다.

물론 지미림이 나의 모델이 된 것은 그런 점들 때문은 아니었다. 말 그대로 그녀가 회사에서 가장 세련되고 산뜻한 사람이어서였다. 아니, 정확히는 그녀가 가장 그런 사람으로 보였다고 해야겠지.

지미림의 어떤 요소들이 그녀를 그런 사람으로 보이게 하는지 파악하기 위해 한동안 그녀를 주시했다. 패션 스타일, 말투와 표정, 습관, 사람을 대하는 방식, 반드시 지키는 원칙 등등. 마음먹고 살펴보자니 파악이 어렵지는 않았다. 물론 그것은 모두 겉으로 드러나는 일정한 형식들이라 가능했을 뿐 그녀가 추구하는 가치관이나 삶의 목표까지 알아내기는 요원했다. 그런 건 그에 관해 직접적인 대화를 나누거나 개인적 관계를 맺고 친분을 쌓아야 알 수 있는 것일 텐데 그녀는 직장 동료와는 업무와 무관한 대화나 사적 교류를 나누고 싶어 하지 않는 사람이었다.

하지만 애초에 내가 궁금했던 건 지미림의 진면이 아니라 내가 원하는 세련됨과 산뜻함의 정체였으므로 그녀에게서 포착된 요소들을 총괄해 분석하는 것만으로도 목적은 충분히 완수될 수 있었다.

내가 특히 주목한 지미림의 특징은 이런 것들이었다. 어떤 경우에도 감정적 동요를 드러내지 않는 침착성, 모든 이를 예외 없이 깍듯하게 대하는 태도, 과하지도 부족하지도 않은 말의 양, 상대의 긴장을 누그러뜨리는 적절한 유머와 미소, 흐트러짐 없는 말끔한 외양과 아주 사치스럽지도 마냥 수수하지도 않은 패션 아이템, 매일 출근 시간보다 삼십분 일찍 출근해 국내외 주요 기사들을 일별하고 일주일에 세번씩 점심시간에 이십분간 전화 영어회화 수업을 받는 규칙성 등. 그런 점들이 말해주는 그녀의 핵심적 면모는 크게 세가지로 정리되었다. 강한 멘탈, 높은 자존감, 확고한 생활 원칙. 세련되고 산뜻한 라이프 스타일의 본질은 그렇게 구체성을 얻었다.

멘탈 관리를 위해 내가 맨 처음 시작한 일은 감정일기를 쓰는 것이었다. 내가 어떤 상황에서 어떤 부정적 감정들이 일어나는지 자각함으로써 자동적인 감정 반응을 조절할 수 있게 되어 불필요한 감정 소모를 줄이고 스트레스 완화에 도움을 준다고 널리 알려진 방법이었다. 건강한 몸을 유지하는 것도 멘탈 강화에 중요한 요건이었으므로 올바른 식습관, 충분한 수면, 규칙적인 운동 등을 고려해보기도 했지만 현실적으로 실천에 옮기기 어려운 면이 있었다. 대신 반신 욕조를 구입해 될수록 그날 쌓인 몸의 독소를 배출하려고 노력했다.

자존감은 나를 계속해서 업그레이드하는 것과 관련되어 있으니 일단은 영어 회화 능력을 높이기로 하고 출퇴근 때 기본 회화 문장 음원을 반복해서 청취했다. 자존감을 고취하는 자기계발서와 광고마케팅 필독서도 틈틈이 찾아 읽었다. 세달간 모든 수칙들을 잘 지켰다고 판단되면 스스로에게 주는 선물의 의미로 중고가 브랜드의 화장품이나 패션 아이템을 구입했다.

그런 날들이 쌓이자 나도 지미림처럼 다른 이들에게 세련되고 산뜻하게 사는 사람으로 보이는지 궁금했다. 보기에 좋으라고 선택한 라이프 스타일은 아니지만 내가 추구하는 내적 질서가 밖으로 드러날 때도 동일한 형태를 띠는지 알고 싶었다. 붙잡고 직접 물어볼 수는 없어 SNS를 시작했다. 남들에 비해 한참 늦은 입문이었다. 일상의 접점이 없는 이들에게 자신을 노출하는 일이 왜 그토록 많은 이들의 흥미를 끄는지 이해되지 않았었다. 그 시간에 차라리 잠을 일분이라도 더 자는 게 백번 낫다고 여겼다. 그런데 막상 시작하고 나자 홀딱 빠져들었다. '좋아요'의 숫자가 늘수록, 부럽다거나 멋지다는 식의 동경 어린 댓글이 달릴수록 나의 라이프 스타일에 대한 자부심이 차올랐다. 딱 내가 원하는 말을 듣지는 못했지만 나의 기록물들을 제삼자의 시선으로 쭉 보고 있노라면 확실히 세련되고 산뜻한 사람으로 보였다. 만족스러웠다.

모든 것이 원하는 방향으로 잘 흐르고 있었다. 그렇게 생각했다.

인풋과 아웃풋이 정확하게 맞아떨어지는 선명한 인과의 세계 속에서.

발전적으로.

하지만,

맥락도 없이 불현듯 머릿속이 새하얘지는 순간이 이따금 있었다. 아니, 멍해졌다는 게 맞을 것이다. 투명하게 걷힌다기보다는 불투명하게 덮이는 느낌이었으니까. 언제 그러는지는 특정할 수 없었다. 언제나 느닷없이, 불쑥, 그랬다. 십여분 지나면 괜찮아졌고 그게 다였다. 그외에 이상 증세는 없었다.

끝없는 동기화가 나의 숨통을 조이고 있었다는 건 그 세계로부터 빠져나온 뒤에야 알았다.

*

팀장이 된 지 일년이 되어갈 무렵 회사에 사고가 터졌다. 해외 직구 쇼핑 사이트의 한국 론칭을 준비 중인 중국의 한 기업에서 국내의 한 광고대행사에 온오프라인 프로모션을 의뢰했는데 그 대행사는 종합광고 대행사이긴 해도 기본적으로 온라인 광고가 주력 사업이었던 터라 에이도스컴퍼니에 오프라인 광고를 발주한 일이 있었다. 자본의 규모가 제법 되는 사업이었기 때문에 에이도스컴퍼니에 떨어지는 수익도 꽤 큰 편이었다. 제작1팀이 수행하는 프로젝트 서너건의 수익에 맞먹는 액수였다. 납품일을 맞추기 위해 한동안 나를 비롯해 2팀 직원 몇이 투입되기도 했다.

그런데 몇달에 걸쳐 작업이 완료되어가던 시점에 중국의 그 기업이 갑자기 문을 닫게 되었다. 기업에 투자했던 미국의 투자자들이 모종의 이유로 투자금을 회수해갔기 때문이었다. 처음 일을 의뢰받은 광고대행사는 그나마 선지급된 계약금을 건지긴 했으나 그 일에 투하한 비용에 비해서는 턱없이 적은 액수였고 다른 곳에서 자본을 끌어오지 않으면 곧 부도가 날 판이었다. 국내에서는 납품 후 결제가 관례였던 탓에 에이도스컴퍼니는 결국 일원 한푼 정산 받지 못했다.

엎친 데 덮친 격으로 회사 수익의 큰 부분을 차지하고 있었던 대형기업과의 연간 계약이 파기되었다. 제작 완료한 광고 한 종에서 외국의 한 광고와 콘셉트가 겹치는 부분이 발견되었고 그것은 계약 파기 사유에 해당되었다. 다행히 광고가 공개되기 전에 클라이언트가 발견했지만 홍보 시점이 연기된 것에 대한 손해배상을 청구할 수도 있는 문제였다. 결국 에이도스컴퍼니는 그 기업에 납품한 다른 광고들의 대금 정산을 포기할 수밖에 없었다.

기본적으로 큰 회사가 아니라 운용 자금도 그리 크지 않았기 때문에 간신히 부도는 피할 수 있었으나 당장은 회사 규모를 대폭 축소할 수밖에 없는 상황이었다. 그렇잖아도 날이 갈수록 회사 수익률이 떨어지고 있던 터라 직원 수를 줄이고 업계에서 수요가 늘고 있는 디지털광고를 특화하는 쪽이 오래 살아남을 수 있는 유일한 길일지도 모른다고, 대표는 생각하던 참이었다. 디지털 시장에서는 아이디어와 IT 기술력만 있으면 경쟁력을 가질 수 있기에 비교적 진입 장벽이 낮다는 점도 이유가 되었다.

그렇다는 건 지미림에게서 들었다. 지미림은 어느 날 나에게 개인 면담을 청했다. 그런 일은 처음이었다.

회사의 성격을 바꾸는 건 말 그대로 생각만 하고 있었을 뿐 실질적인 준비에 돌입한 것은 아니었으므로 대표는 급박한 상황을 타개하기 위해 지인이 운영하는 디지털광고 대행사와 합병을 결정했다고 했다. 그곳 대표는 디지털광고로 어느 정도 성공 궤도에 오르면서 종합광고 대행사로 회사 규모를 키우기 위해 에이도스컴퍼니가 가지고 있는 오프라인 광고 경력과 관계망을 흡수하기로 한 것이었다. 단 그쪽에서 필요로 하는 직원은 대표를 포함해 열 명이었다. 그리고 대표와 지미림이 선택한 열명 중 한명이 나였다.

"그런데 그곳에 가면 이수님은 전과는 다른 일을 하게 될 거예요."

"다른 일…… 어떤 거요?"

"아직 확실한 건 아니지만 리서치나 효과 분석 쪽 일이 될 가능성이 커요. 잘 아시겠지만 우리 회사에서는 기획개발팀의 업무 중 하나죠. 합병 후엔 온오프라인 통합 업무가 될 거고요."

정확히는 개발팀의 업무였다. 개발팀은 기획팀의 보조팀이었고 주 업무는 시장 조사와 데이터 분석, 예산 관리

등이었다. 디자이너에게 마케터가 되라는 건 어떤 의미인지 가늠되지 않아 머뭇거리는 사이 지미림이 말을 이었다.

"이수님이 이 업계에서 생존하려면 단순한 디자이너보다는 마케터가 되는 편이 훨씬 전망 있을 거예요."

'단순한'이라는 형용사가 묘하게 거슬렸으나 헛들을 조언은 아니라는 생각이 들긴 했다. 하지만,

"저는 그쪽 실무는 경험도 없고 배운다 해도 잘할 수 있을지 확신이 안 들어요."

"실무적으로 대단한 기능이 필요한 일은 아니에요. 가장 중요한 건 트렌드에 대한 민감성과 고객이 원하는 서비스 발굴력, 그리고 전략을 기획하고 수립할 능력이 있느냐 없느냐죠. 그건 디자이너든 마케터든 광고를 하는 사람이라면 누구나 갖춰야 하는 자질이에요. 하지만 더 중요한 건 집중력과 성실성이라고 저는 생각해요. 그건 이수님이 이미 가지고 있는 것이고요."

교과서 같은 말이었다. 지미림이 그런 식의 뻔한 말을 하는 건 처음이었다. 대화가 겉돌고 있다는 뜻이었다. 나는 내가 진짜 궁금한 걸 확인하기로 했다.

"저한테 굳이 다른 성격의 업무를 맡기고 싶어 하시는 이유를 알고 싶어요. 제가 디자이너로서 부족한가요?"

지미림은 잠자코 나를 응시하더니 잠깐 시선을 다른

곳으로 옮겼다가 다시 내 쪽을 보았다.

"디자이너는 다섯명이 가기로 했고 누가 갈지는 이미 결정됐어요. 하지만 이수님을 놓치기 아까워서 제안하는 거예요."

"놓치기 아까운 이유가…… 디자이너로서는 아니군요."

지미림은 다정한 미소를 지었다.

"맞아요. 이수님의 디자인 능력이 절대적으로 부족해서라기보다는 상대적으로 이수님보다 잘하는 사람이 다섯명 있을 뿐이에요. 물론 이수님이 원하지 않으면 선택을 안 하시면 돼요. 하지만 좀더 먼 미래를 위해서는 그 선택이 나쁘지 않을 거라는 말씀은 드리고 싶네요. 에이도스컴퍼니가 이렇게 된 것처럼 사실 우리가 갈 그 회사도 앞으로 어떻게 될지 몰라요. 수익 싸움에서 절대적 우위를 차지하고 있는 대형 종합광고 회사들은 손에 꼽고 그곳들을 제외한 나머지 구십 퍼센트의 광고회사들은 내일 당장 문을 닫는다 해도 이상하지 않을 정도예요. 그럼 나는 어떻게 해야 살아남을 수 있을까, 이수님이 고민해야 하는 건 그거예요. 일단은 하고 싶은 일과 할 수 있는 일을 구분하는 게 도움이 되지 않겠어요?"

뒤이어 지미림은 내가 열명 중 한명이 된 이유를 나열했다. 정해진 시간 내에 주어진 업무를 실행해내는 능력,

팀 조직력, 일에 대한 열정과 책임감, 긍정적인 에너지, 지치지 않는 체력 등등. 무엇보다,

"스트레스를 받을 만한 상황인데도 언제나 세련되고 산뜻하게 자기 의사를 표현하는 점이 가장 마음에 들어요. 커뮤니케이션 능력은 크리에이티브 능력보다 더 중요하다고 저는 생각해요. 결국 클라이언트와의 관계가 회사의 운명을 결정하니까요."

그토록 듣고 싶어 했던 피드백을 이런 상황에서, 그것도 지미림으로부터 듣게 될 줄은 몰랐다. 마음이 복잡했다.

합병은 두달 뒤 실행될 예정이었고 지미림은 나에게 일주일간 고민할 수 있는 시간을 주었다. 그리고 그 기간 내에 제작2팀의 팀원 평가서를 작성해달라고도 했다. 그 평가서를 바탕으로 두세명을 면담한 뒤 한두명을 선택할 거라고 했다. 그들 역시 디자이너로 가는 건 아니었다. 이미 선택된 다섯명의 디자이너는 모두 제작1팀 소속이라는 뜻이었다.

평가서를 작성하는 건 어렵지 않았다. 지미림은 총 열두개의 항목으로 분류되어 있는 평가서 양식을 건넸고 나는 각 항목에 ○, △, ×를 표기하기만 하면 되었다. 항목의 삼분의 이는 업무 수행력에 관한 것이었고 나머지는 조직 적응력과 커뮤니케이션 능력에 관한 것이었다.

나는 그들을 최소 일년 이상 지켜봐왔으므로 누가 어떤 점이 뛰어나고 어떤 점이 부족한지 금방 꼽을 수 있었다. 하지만 표기를 하고 있자니 가장 중요한 항목이 빠졌다는 생각이 들었다. 근무 시간의 길이였다. 팀원 모두가 거의 매일 초과근무를 했다. 주말도 반환하고 집에서도 일했다. 하지만 근무 시간이라는 항목이 있었다면 ○, △, × 표기는 맞지 않을 것이었다. 점수를 매기는 것도 이상하긴 매한가지였다. 근무 시간 100점이 말이 되나. 항목명이 초과근무 시간이라면 점수를 매길 수 있을까. 가장 많이 초과근무를 한 사람은 100점, 그보다 안 한 사람은 90점이라는 식으로.

하지만 그렇다 한들 그것은 열두개의 기준 중 하나에 해당할 뿐이었다. 노동 시간은 어째서 생존에 아무런 도움도 되지 않을까. 모든 결과물은 결국 그 시간이 만든 것인데. 생각이 거기에 미치자 ○, △, × 표기라는 형식이 우스꽝스럽게 여겨졌다. 무슨 유치원생 학습지도 아니고. 아예 다른 형식의 평가서라면 달랐을까. 이를테면 오지선다형이나 서술형이라면.

헛웃음이 터졌다. 평가서를 통과하고 면담을 통과하고 회사에 남더라도 생존을 위협하는 장애물은 끝없이 밀려올 텐데 그게 다 무슨 소용이람.

내가 엘리베이터에 갇힌 건 나의 결정의 기한이자 평가서 제출의 기한이기도 한 일주일이 다 되었을 시점이었다. 사고의 후유증이 지나간 뒤 회사에 출근한 날 나는 지미림의 제안을 받아들이겠다고 말하며 평가서를 제출했다.

이후 사직서를 쓰기까지 그 한달간 내가 무슨 생각을 하며 어떤 마음을 품고 어떻게 지냈는지는 잘 기억나지 않는다. 이렇다 할 생각도 마음도 없이 그저 일만 열심히 했던 것 같기도. 평소보다 더욱 열렬히. 아니, 극렬히. 일에 모든 걸 갖다 바치는 것 외에 중요한 건 아무것도 없는 사람처럼.

11

　본래 나의 것이 아니었던 것들의 철수. 아드리아나가 했던 그 말의 뜻을 어렴풋하게나마 이해한 건 테주강변에서 그녀의 요가원으로 자리를 옮겨 요가를 하고 나서였다.

　요가원은 일고여덟명이 서로 적당한 거리를 두고 움직일 수 있는 정도의 크기였고 전체적으로 연두색과 흰색으로 채워져 있었다. 이를테면 벽 하나와 두개의 문, 창틀, 요가매트 등은 연두색, 그외는 흰색이었던 것으로 기억한다. 폭이 좁고 기다란 바테이블과 그 위에 놓인 작은 소품들, 그리고 한쪽 벽에 걸려 있던 그 문구의 액자는 무슨색이었는지 기억나지 않는다.

　아드리아나는 여러개의 향초에 불을 붙이고 조용한 음악을 튼 뒤 조명의 조도를 한껏 낮추었다. 은은한 향기가 공간을 메우고 망연한 평원을 연상케 하는 아련한 선율이 가슴에 스며들자 몸도 마음도 헐거워졌다.

아드리아나와 나는 약 이 미터의 간격을 두고 마주 앉았다. 아드리아나는 자신의 동작을 따라하되 속도는 나의 호흡에 맞추고 혹시 어떤 동작에서 그대로 멈추고 싶을 때는 그렇게 하라고 했다. 동작의 속도를 호흡에 맞춘다는 것이 무슨 뜻이냐고 묻자 사람마다, 그리고 그 사람의 몸과 감정 상태에 따라 호흡의 속도가 다른데 억지로 상대의 속도에 맞추려다 보면 자신의 호흡과 동작이 어긋날 수 있다고 했다.

"요가의 기본은 호흡과 동작을 일치시키는 거야. 따라서 호흡과 어긋난 동작을 하는 건 요가가 아니야. 그러려면 일단 본인의 호흡에 집중해야 해. 언제 가빠지고 언제 느슨해지는지. 숨이 어디로 들어와 어디에 머물다 어디로 나가는지."

아드리아나는 먼저 아무 동작 없이 편안하게 숨을 들이마시고 내쉬기를 지시했다. 호흡의 깊이와 속도를 인위적으로 조작하지 말고 그저 자신의 호흡을 있는 그대로 느끼면서 자연스럽게 따라가보라고 했다.

숨쉬기는 내 평생 단 하루도, 아니 단 한 순간도 멈춘 적 없는 일일 텐데 내가 어떻게 숨을 쉬는지, 나의 숨은 언제 들어와 언제 나가는지 단 한번도 의식해본 적 없었다는 자각이 들자 기분이 이상해졌다.

숨쉬기는 나의 의식과 무관한 것인가, 그렇다면 의식과 몸은 서로 각기 움직이는 것인가, 아니 몸의 의지를 내가 모르고 있을 뿐인 것인가, 그걸 모르는 나는 무엇인가, 정신인가, 정신이 나라면 몸은 내가 아닌가, 정신도 몸도 나라면 몸과 정신은 왜 각기 움직이는가, 그 서로 다른 움직임을 알아차리는 나는 또 무엇인가 따위의 생각이 이어지는 바람에 금세 호흡을 잊고 말았다.

다시 호흡에 집중하다가도 어느새 생각을 쫓는 일이 반복되었다. 매 순간 호흡을 느끼며 따라가는 건 불가능한 일처럼 여겨졌다. 그렇다는 걸 이미 간파한 듯 아드리아나가 말했다.

"호흡을 놓쳐도 돼. 호흡을 놓치는 건 당연하고 자연스러운 일이야. 중요한 건 호흡을 놓쳤을 때 그걸 알아차리고 다시 호흡으로 돌아오는 거야."

호흡에 집중해야 한다는 긴장이 풀어지면서 안도의 한숨이 길게 내쉬어졌다. 내쉬는 숨이 길어지자 들이쉬는 숨도 길어졌다. 숨이 들고 나는 속도가 느려지는 만큼 숨의 깊이도 깊어졌다. 느리고 깊은 호흡에 안착하자 눈이 저절로 감기면서 졸음이 몰려왔다. 이대로 잠들어 영영 깨어나지 않았으면 좋겠다는 마음이 일었다.

"이수. 편안함에 잠기지 마. 눈을 떠. 그리고 나의 동작을 보고 따라 해."

호흡이 멈칫하면서 몸에 긴장이 감돌았다. 동작을 시작하자 호흡에 대한 집중력이 완전히 흐트러졌는데 다행히 아드리아나는 동작 하나하나에 '숨을 들이쉬고'와 '내쉬고'를 구령처럼 덧붙여주었다.

요가는 한시간 반쯤 진행되었다. 나중에 안 사실이지만 그때 아드리아나가 안내한 자세들은 '수리야 나마스카라'였다. '수리야(surya)'는 '태양 또는 지고한 빛'을, '나마스카라(namaskara)'는 '경배하다'를 뜻하는 산스크리트어로, 말하자면 태양을 향해 경건한 인사를 드린다는 의미의 요가다. 초보자들도 어렵지 않게 따라 할 수 있는 기초 수련 자세로 열두개의 기본 동작으로 이루어져 있다.

한국으로 돌아와 요가에 본격적으로 입문하면서 무수한 동작들을 익혔으나 나는 언제나 수리야 나마스카라를 가장 좋아했다. 자격증을 취득해 강사가 된 뒤로도 한동안은 그랬다. 요가 수업을 진행할 때를 제외하면 요가를 거의 하지 않게 되었으나 간혹 마음이 동해 홀로 요가를 할 때는 언제나 수리야 나마스카라를 했다. 하지만 시간이 지나면서 그조차 줄어들었고 결국엔 수업 전 준비운동 삼아 몇가지 스트레칭 동작을 하는 것 말고는 개인 수련을 따로 하지 않게 되었다.

자세의 이름은 물론 그 의미와 효과도 모른 채 그저 아드리아나의 동작을 따라 하는 것이 전부였던 그날, 나는 묘한 경험을 했다.

처음 세 세트를 반복할 때는 몸도 마음도 바쁘기 그지없었다. 첫 세트는 일종의 맛보기처럼 전체를 연결해 진행되었고 두번째와 세번째 세트는 각 동작들을 잘라 하나씩 집중해서 익힐 수 있도록 했다. 그다음 아드리아나는 한 세트를 홀로 진행하며 각 동작의 정확성과 연결성을 눈으로 확인하게 했는데 나와 함께한 첫 세트보다 속도가 서너배는 빨랐다. 나를 안내하고자 부러 크게 냈던 들숨 날숨 소리도 거의 들리지 않았다.

아드리아나의 움직임은 고요하고 아름다웠다. 꽉 차 있는 듯 밀도가 높으면서도 텅 비어 있는 듯 가벼워 보이는 동작들에서 지극함 같은 것이 느껴졌다.

뒤이어 우리는 네 세트를 더 진행했다. 여전히 동작을 따라 하기 쉽지 않았으나 어수선했던 몸과 마음이 점차 단정해지면서 나의 움직임이 하나의 흐름으로 이어지고 있다는 걸 어렴풋이 감지할 수 있었다. 정확히는 어떤 흐름이 나의 몸을 이끌고 있는 느낌이었다.

어느 순간부터 아드리아나는 동작 설명과 숨쉬기 구령

을 멈추었는데 그로 인해 호흡을 거의 신경 쓰지 않게 되었지만 나도 모르게 몸을 접을 때는 숨을 내쉬고 몸을 펼 때는 숨을 들이마시게 되었다. 무엇보다 순간순간 뭔지 모를 감정이 울컥울컥 치밀어 오르면서도 이내 흩어지고 텅 빈 듯 아무렇지도 않다가 다시 그 과정이 반복되는 것이 신기했다.

모든 세트를 마친 뒤 온몸의 긴장을 내려놓고 직립한 채 편안히 호흡하고 있는데 문득 눈에서 눈물이 주르르 흘러내렸다. 감정이 치솟지도 않았고 별다른 생각을 했던 것도 아닌데 그랬다. 마치 땀을 흘리듯. 무심하게.

마지막으로 아드리아나는 바닥에 드러누우라고 했다. 그러고는 좋은 냄새가 나는 커다랗고 가벼운 숄을 내 몸에 덮어주었다.

얼마나 누워 있었는지는 알 수 없었다. 처음엔 눈물이 계속 흘렀는데 점차 멈추었고 그뒤로는 몸이 한없이 아래로 꺼져드는 것 같았다. 딱히 낙하의 감각은 아니었고 무중력 공간에서 불현듯 어딘가로 빨려 들어가는 듯한 느낌이었다. 바닥은 그런 몸을 안전하게 감싸고 있는 보호막처럼 여겨졌다.

아득한 침묵이 이어졌다. 편안하지만 나른하지 않았고 막연하지만 명료했다. 지금 이곳에 내가 있다는 감각이 또렷하면서도 의식은 시간과 공간의 한계 너머를 유영하고 있는 듯했다. 그러다 어느 순간 정수리가 놀랍도록 시원해졌다. 맑고 상쾌한 물이 정수리에 쏟아지는, 혹은 정수리에서 뿜어져 나오는 느낌이었다. 환희가 차올라 나도 모르게 아, 하고 탄성을 뱉었다.

"그것은 일체감이었을 거야."

아드리아나는 말했다. 자신도 모르게 자기와 동일시된 감정과 생각들로부터 분리되어 좀더 근원적인 자아와 연결됨으로써 체험되는 일체감. 심오한 단어들이 출현한 탓에 알아듣기도 이해하기도 쉽지 않았다.

한번도 가닿아본 적 없는 내 안의 깊은 어떤 곳에 머물러 있다 온 기분이 들긴 했다고 하자 아드리아나는 고개를 끄덕였다.

"그래서 좋았니?"

"응."

"너는 아무래도 요가에 재능이 있는 것 같아. 한국에도 요가원이 있니?"

"물론이지."

"그럼 한국으로 돌아가서 계속 수련해봐. 짐작컨대 실력이 금방 늘 거야."

그런 말을 들었다고 하자 이영은 코웃음을 쳤다.

"요가의 재능이라는 게 정확히 뭔지는 잘 모르겠지만, 어쨌든 몸을 움직이는 일이니까 그런 관점에서 보면 평소 움직이는 걸 좋아한다든가 유연성이 좋다든가 뭐 그래야 할 것 같거든. 그런데 내가 평생 보아온 언니는 운동은 물론이고 걷는 것도 싫어하는 사람이니까. 학교 다닐 때 체육 성적도 제일 안 좋지 않았어? 설거지할 때는 그릇 깨먹고 집에서도 맨날 여기저기 부딪치고 밖에서는 멀쩡히 걷다가 혼자 스텝 꼬여서 엎어지고."

"엎어진 건 딱 한번뿐이야. 그것도 아주 옛날에."

내가 정색하자 이영은 키득거리며 부러 고개를 세차게 끄덕였다.

"그래그래."

"아무튼 그거랑 요가랑 무슨 상관이야."

"그래그래. 내가 잘 몰라서 한 소리야. 현직 요가 강사가 인정했다니까 열심히 잘해봐."

이영의 의심대로 ─ 아니, 확신이었을까? ─ 실력은 쉽게 늘지 않았다. 뼈도 근육도 내가 원하는 대로는 절대 움직여주지 않았고 먼저 다른 운동으로 근력을 키워야 할까, 정형외과에서 자세 교정을 받아야 할까, 플루트나 대금 같은 관악기를 배워 폐활량을 늘려야 할까 하는 생각들로 늘 마음이 번잡했다. 무엇보다 아드리아나의 요가원에서 경험했던 이른바 일체감은 두번 다시 찾아오지 않았다.

그래도 열심히 계속했다. 계속하니 실력은 조금씩 나아졌다.

사실상 내가 바라는 건 실력의 일취월장이 아니라 그 순간과의 재회였다. 그 순간 느꼈던 기묘한 감각을 다시 한번 맛보고 싶었다. 요가를 시작한 건 그 때문이었다. 내 안에서는 그 순간의 경험과 아드리아나의 설명이 아직 연결되어 있지 않았고 어쩌면 그것은 당연한 일이었다. 그 의미를 이해하는 건 오로지 내 몫이었다.

하지만 어떤 강렬했던 순간도 시간이 지나면 점차 흐릿해지는 법이었고 나는 다만 아드리아나의 말을 곱씹고 재해석하는 것으로써만 그 순간을 막연히 반추할 수 있을 뿐이었다. 나도 모르게 내면화된 사회적 관념들과의 분리랄까, 근원적 자아와의 연결이랄까. 그리고 나는 왜 그 경험을 잊지 못하는지, 그 경험의 무엇이 나를 계속해서 끌어당기는지도. 나중엔 결국 몽땅 흩어져버리고 말았지만.

광고업계로는 돌아갈 수 없었다. 그 일을 원하지 않았다. 퍼스널 라이프 스타일을 판매하려면 어떻게 해야 하는지 더이상 머리도 마음도 쓰고 싶지 않았다. 퍼스널 라이프의 크리에이션만이 살 길이라 부르짖지만 퍼스널도 라이프도 크리에이션도 존재하지 않는 매매의 세계에서 그 세계를 떠받치는 부속품으로 사용됨으로써 나 자신의 고유성을 증명하고 있다고 믿는 일은 이제 계속할 수 없었다. 더는 믿어지지 않았다. 그곳엔 오로지 살아남기 위해 살아야 하는 삶만 있을 뿐이었다. 더는 그러한 삶이 당연하게 여겨지지 않았다.

광고업계 밖은 다를 거라 믿는 건 아니었다. 광고업계는 세상을 압도하고 있는 질서를 반영할 뿐 그것과 무관한 영역이 따로 존재할 거라고는 쉽게 상상할 수 없었다.

아드리아나를 만나기 전까지는 해본 적 없는 생각들이었다.

진짜 퍼스널 라이프를 찾고 싶어졌다. 하지만 마치 그런 말을 처음 들어본 사람처럼 그것은 대체 무엇인지 그게 정말 가능한 것인지 세상의 질서 내에서 찾는 거라면 그것을 정말 퍼스널 라이프라고 할 수 있는지 알 수 없었고, 그렇게 어떤 시절보다 답 없는 문제에 골몰하고 있다보니 머리가 터질 지경이었다.

그럴 때마다 요가를 했다. 요가를 하고 나면 최소한 머리에 몰린 열기가 식긴 했다. 그래서 계속했다.

12

　요가를 시작한 지 반년쯤 지나 요가 강사가 되기로 했다고 하자 이영은 벙벙한 표정을 지었다. 그래도 이번엔 키득거리지 않았다. 자신이 평생 보아온 나의 모습 중 가장 극적인 반전이라며 박수를 쳐주기까지 했다. 마음도 먹고 선언도 했으나 불안이 없는 건 아니었는데 이영이 의심과 염려의 말은 한마디도 하지 않은 채 덥석 수용해주니 묘하게 뭉클했다. 내 결정을 주변에 말했을 때 그렇게 반응해준 건 이영뿐이었다.

　"뭘 또 그렇게까지."

　"아니야. 진짜 멋져, 도이수. 직업의 카테고리 자체가 변하는 일이잖아. 내가 여러 직업을 거쳐봐서 알아. 생각보다 쉬운 일 아니야. 너의 앞날에 신의 영광이 함께하길 기도할게."

　"뭐냐, 이 엉뚱한 덕담은. 먹이는 거냐?"

"언니, 나 기독교인이야."

"아, 미안."

요가 강사로 사년쯤 일한 뒤 요가원을 내게 되었을 때 상호명으로 '숨'을 제안한 것도 이영이었다. 물론 그 이름이 이영의 입에서 나오기까지 몇 단계의 과정이 필요하긴 했다. 나는 약 스무개의 후보명을 종이에 적어 이영에게 보여주었다. 이영은 미간에 힘을 잔뜩 주고 종이를 한참 들여다본 뒤 고개를 절레절레 저었다.

"구려?"

"구려."

"몽땅?"

"몽땅."

나는 혀를 쯧 차며 종이를 휙 뺏곤 이영을 노려보았다.

"요가에 대해서는 일자무식이면서."

"바로 그 일자무식한테 딱 와닿는 이름이어야 하는 거 아냐?"

맞는 말이었다.

"그럼 요가 무식자 대표로 근사한 이름 하나 지어줘보든가."

이영은 여러가지 질문을 하기 시작했다. 요가는 어느 나라 말이고 무슨 뜻이냐, 요가는 왜 생겨났냐, 요가에서 가장 중요한 건 뭐냐, 너는 요가의 어떤 점이 좋냐, 사람들은 왜 요가를 해야 하나 등등. 나는 한바탕 강의를 펼칠 태세였으나 이영은 대답을 최대한 쉽고 간결하게 하라고 딱 잘라 말했다. 자신은 자세한 설명을 듣고 싶지도 않고 들을 이유도 없다고 했다. 그저 이름으로 쓰면 좋을 이름이 내 입에서 나올 때 그걸 낚기만 하면 된다나 뭐라나.

이영은 나의 대답을 들으며 종이에 뭔가를 적어 내려갔고, 모든 질의응답이 끝난 뒤 나온 이름이 '숨'이었다. 나는 숨, 숨, 숨, 하고 여러번 소리 내어 말하며 고개를 갸웃거렸다.

"맘에 안 들어?"

"좀 뻔한 것 같아서. 약간 아쉽기도 하고."

"그럼 언니가 다시 지어. 나는 숨 말곤 생각 안 나."

나는 종이를 보여달라고 했다. 종이에는 '숨'만 열두번 적혀 있었다.

"뭐야, 이게 다야?"

"말했잖아. 숨밖엔 없다고. 언니 대답에서 가장 많이 반복된 말도 숨이었어."

"그래?"

"그렇다니까."

나는 잠깐 머리를 굴리다 말했다.

"숨과 쉼은 어때?"

"사족 같아."

사나흘 고민한 뒤 이영이 옳다는 결론을 내렸다.

*

아드리아나의 기억을 놓쳤듯 되새길 일이 없어 잊고 있었지만 생각해보니 포르투갈로 여행을 간 것도 이영 때문이었다.

당시 나는 회사에 사직서를 내고 거의 한달간 집에서 나가지 않고 있었다. 엘리베이터 사고 이후 불쑥 찾아왔던 번아웃 증후군을 재차 앓은 건 아니었다. 비교적 규칙적으로 잘 먹고 잘 잤으며 별다른 감정 기복을 겪지도 않았다. 전반적으로 텐션이 떨어져 있긴 했지만 무기력하지는 않았고, 가끔 울적하고 때론 불안하기도 했으나 그 상태로부터 벗어나야 한다는 생각이 들 만큼 심각해지지도 않았다. 나는 그저 집 밖으로 나가고 싶지 않았을 뿐이고 내가 원하는 건 그게 다였다. 그러니 너무 신경 쓰지 말라고 하자 이영은 나를 빤히 바라보다 피식 웃었다.

"누가 뭐래? 언니 알아서 해."

세달을 넘기진 않겠다고, 어차피 그다음엔 대출금과 생

활비 때문에라도 일자리를 구해야 한다고 말을 이을 참이었는데 이영이 그렇게 말하자 입이 닫혔다.

생활비를 조금씩 보태고 있긴 하지만 거의 나에게 얹혀살고 있던 이영은 내가 돈을 벌지 않으면 여러모로 난감해질 판이라 앞으로의 계획이 궁금했을 법도 한데 무슨 생각에선지 그런 언급을 일절 하지 않았다. 대신 그즈음 하고 있던 일 말고도 아르바이트를 하나 더 구하긴 했다. 내가 종일 집에서 빈둥거리는 동안 이영은 내내 밖에서 일을 하고 있다는 사실이 마음에 걸렸으나 사실 여윳돈만 있다면 미래에 대한 생각은 미룰 수 있는 만큼 미루고 싶었다.

알아서 하라는 이영의 말은 어떻게든 될 테니 생각하기 싫으면 생각하지 말라는 뜻으로 들렸고, 여기에는 생각을 해야 한다면 자신이 하겠다는 전제가 깔려 있다고 느꼈다. 직접 확인한 건 아니었으므로 일방적으로 오해한 것일 수 있지만 나는 그냥 그렇게 믿기로 했다.

그런 나날을 보내던 어느 날 이영은 컴퓨터로 유튜브 영상을 한참 보더니 문득 나를 그 앞에 데려와 앉혔다. 세계여행 관련 영상이었는데 건물들 색깔이 놀랍도록 다채롭고 아름다웠다. 한국의 영어마을 같은 곳인가 싶었으나 진짜로 사람들이 살고 있는 일종의 다세대 주택들이었다.

"여기가 어디야?"

"포르투갈의 포르투라는 도시래. 여기는 무슨 광장 앞이고."

영상은 약 십분짜리였고 포르투와 리스본의 풍경을 담고 있었다. 유튜버의 말소리는 들리지 않은 채 이따금씩 뜨는 짤막한 자막과 서정적이면서 고적한 선율의 BGM이 영상을 이끌고 있어서인지 시각적 몰입도가 높았다.

포르투뿐 아니라 리스본의 빛깔도 더없이 예뻤다. 유튜버가 부러 그런 구역만 집중적으로 찍은 듯도 보였지만 어쨌거나 형형색색의 파스텔 톤이 거리의 색감을 이루고 있는 도시에서 사는 사람들은 이곳에서 사는 나와 마음의 질감이 영판 다를 것만 같았다.

"가서 보면 더 좋겠지?"

이영의 말에 나는 천천히 고개를 끄덕였다. 이영은 반색하며 또 말했다.

"가보고 싶어?"

"뭐…… 언젠가는."

꼭 안 가도 된다는 뜻이었다.

그날의 대화는 거기서 끝났는데 며칠 지나 이영이 리스본 왕복 항공권을 출력해 건넸다. 열흘 뒤 출발해서 일주일 머물고 돌아오는 일정이었다. 포르투갈 여행 가이드

북과 가서 쓰라며 삼백 유로도 따로 챙겨주었다. 모자란
돈은 알아서 하라고 했다. 나는 황당해하고 잔소리하고
거절하고를 반복하다 결국 받아들였다. 받아들였지만 흔
쾌하지 않았다. 가이드북을 읽어보기는커녕 전날까지 짐
도 싸지 않고 있었다. 모든 것이 번잡하고 귀찮았다. 무엇
보다 집 밖으로 나가는 일 자체가 엄청난 부담으로 나를
짓눌렀다.

"막상 나서면 다를 거야."

이영의 허망한 위로는 리스본 공항에 도착하는 순간
사실이 되었다. 익숙한 것이라곤 하나도 없는 곳, 지금껏
내가 한순간도 속해 있지 않았던 곳, 나와 연결된 것은 조
금도 찾을 수 없는 곳, 그렇게 완벽하게 낯선 세계에 홀로
서 있자 심장이 튀어나올 듯 요동쳤다. 두려움인가 싶었
지만 나는 이내 알아차렸다. 그것은 후련함이었다.

*

포르투갈에 온 건 그 때문이라고 하자 아드리아나는
웃음을 터뜨렸다.

"그래서 와서 보니 이곳의 색깔이 마음에 들어?"

"물론이지. 이런 곳에서 태어나 사는 사람들은 모두 뼛

104

속 깊이 다정할 것 같아."

아드리아나는 좀 전보다 더 크게 웃었다.

"그럴 리가 없잖아."

나도 웃음을 터뜨렸다.

"적어도 한국인보다는 다정할 거야."

"한국의 집들도 예쁘던데. 언젠가 유튜브에서 본 적
있어."

어떤 집을 말하는지 알 수 없어 몇가지를 묻자 아드리
아나는 자신이 보았다는 유튜브 영상 두개를 보여주었다.
하나는 전주의 한옥마을이었고 다른 하나는 부산의 감천
마을이었다. 한옥마을에 대해 아드리아나는 우아하면서
명상적이라고 했고 감천마을은 아늑하면서 소박해 보인
다고 했다. 그래서 한국인은 기본적으로 그런 사람들일
거라고 생각했다고.

"그럴 리가 없잖아."

한바탕 웃음이 지나간 뒤 나는 아드리아나의 착각을
바로잡아주었다.

"한옥마을도 감천마을도 네가 본 풍경이 조성된 건 얼
마 안 됐어. 말하자면 관광사업이나 재개발사업의 일환으
로 새로이 만들어진 거야. 한옥마을은 원래 전통 가옥이
몇채 있긴 했지만 거의 폐가촌에 가까웠고 지금의 집들

은 대부분 새로 지은 거야. 전통 양식을 그대로 복원한 건 아니고 모양만 얼추 비슷하게. 진짜로 복원하려면 시간도 돈도 훨씬 많이 들여야 했을 거야. 몇백년 된 거리와 건물들이 잘 보존된 유럽의 구시가와는 달라. 한옥마을은 신시가야. 그리고 감천마을도 육십여년 전 한국전쟁 피난민의 거주지에서 시작해 내내 저소득층이 살던 낙후 지역이었는데 재개발사업으로 그런 색깔을 갖게 되었어. 너희가 오랫동안 간직해온 도시의 빛깔과는 완전히 다른 의미를 가지고 있다는 뜻이야."

아드리아나는 고개를 두어번 끄덕이더니 픽 웃었다.

"재밌네."

"뭐가?"

"여기도 마찬가지거든."

"뭐가 마찬가지야?"

"네가 포르투갈의 색으로 기억할 저 건물들의 빛깔은 삼십년 전에 리스본이 유럽의 문화수도로 선정되면서 새로 꾸며진 거야. 일종의 재개발사업이지. 그전에 포르투갈은 유럽공동체에 편입되려고 꽤 많은 노력을 했어. 아시아와 아프리카의 식민지를 잃은 판국이라 서구의 일원이 되는 것만이 살아남는 길이었거든. 리스본이 유럽의 문화수도로 선정된 건 그런 외교정책의 성과 중 하나였어. 국력을 총동원해서 도시를 치장한 덕에 리스본은 세계도시의 하나로 인정받게 되었지. 그래서 포르투갈이 마지막 식민지였던 마카오를 중국에 반환했을 때 크게 낙담하지 않았다는 얘기가 있어."

유튜브 영상에서도 가이드북에서도 보지 못한 내용이었다. 어쨌거나 보기에 더없이 좋으니 결론적으로 잘된 일이라고 말하려다 말았다. 그로 인해 조금은 더 잘살게 되었다면 나쁜 일은 아니겠지만, 토착민의 오래된 마음이 깃든 건물들의 눈부신 색채, 그 색채로 이루어진 장소에서 살아가는 사람들의 정서를 상상하는 데서 차오르던 선망이 휘발되는 건 어쩔 수 없었다. 사회든 개인이든 더 나은 쪽으로 나아가거나 최소한 더이상 나빠지지 않으려면 재건과 단장은 필수불가결한 과정일 테지만 그것의 동기가 무엇이고 그 결과가 누구를 위한 것인가에 따라 본질은 달라지는 법이었다.

아드리아나는 맥주로 목을 축인 뒤 말을 이었다.

"장소들이 사라지고 있어."

공간들이 사라지고 있다는 말로 알아들었다. 이전의 대화 내용에 비추어 그 말이 뜻하는 바를 더듬고 있는데,

"공간(space)만 늘어나고 있어. 장소(place)는 없어지고."

라고 아드리아나가 덧붙였다. 나는 고개를 갸웃했다.

"그게 무슨 말이지?"

아드리아나에 따르면, 공간이 객관적이고 물리적인 개념이라면 장소는 한 사람이 그러한 공간과 관계를 맺을 때 형성되는 주관적이고 정서적인 개념이라고 했다.

"그러니까 어떤 공간에 개인의 역사와 의미가 깃들면 장소가 되는 거지. 그런데 세계는 그러한 무수한 장소들을 없애는 방향으로 나아가고 있어. 직접적 파괴라기보다는 일반화하는 방식으로. 장소의 가치는 이제 공간의 가격으로 평가받을 뿐이야. 그곳에 쌓인 사람들의 시간과 기억은 그 가격에 아무런 영향도 미치지 않아. 장소성을 회복하려는 듯 보이는 움직임조차 사실상 그곳의 가격을 올리려는 의도에서 비롯된 경우가 많지. 가격을 올리는 것이 목적이기 때문에, 그 목적이 가지고 있는 단일성 때문에 모든 곳이 엇비슷해지고 그렇게 장소가 사라지는 거야. 세계는 무장소성으로 통일되고 있다고, 나는 늘 느껴 왔어. 그러한 일방적인 동질성을…… 연결이라고 볼 수도 있을까?"

아드리아나는 다시 맥주를 한 모금 마셨다.

"그런 생각들을 하며 살다가 요가를 하게 됐어. 하다 보니 여기에 생을 바쳐야겠다는 마음이 들더라. 어떻게 들릴지 모르겠지만, 세상을 압도하고 있는 그런 구조가 내면화되는 걸 막기 위한 길이라고 생각했어. 한 사회의 시스템은 각 개인들에게 깃들어 인격화되는 법이니까. 예컨대 내가 사는 이곳은 얼마짜리라든가, 얼마짜리의 집에 사는 사람이 나라든가. 자연스럽고 무의식적으로. 참으로 섬뜩한 일이야. 허망한 일이기도 하고. 그런 식으로 자기 자신을 확인하는 방법이 정해진다는 게 말이야. 그러니 끊임없이 자각하지 않으면 뭐가 뭔지 모른 채로, 내가 누군지 모른 채로 생이 지나가버릴 거야."

한 박자 쉬고, 아드리아나는 말을 이었다.

"나는 진정한 연결을 원해. 내가 진짜로 누구이고 네가 진짜로 누구인지 알아가는 과정을 통해서. 그러려면 어떻게 해야 하는지 확실하게 설명하기는 어렵지만…… 어쨌거나 그걸 찾아나가는 게 나의 운명이라고 느껴. 내가 그걸 원하니까. 하지만……"

그다음 말을 기다렸으나 아드리아나는 그대로 입을 다문 채 테주강 쪽으로 시선을 옮겼다. 태양이 수평선에 내려앉아 찬란한 오렌지빛을 사방에 흩뿌리고 있었다. 우리는 말없이 일몰을 지켜보며 각자 남은 맥주를 마저 삼켰다.

*

　포르투갈의 색이 품고 있는 사정을 들려주었을 때 이영은 그다지 놀라거나 허탈해하지 않았다. 아니, 아예 별 관심이 없는 듯 보였다. 따지고 보면 그 색이 계기가 되어 거금을 쓴 장본인인데. 의아했지만 그럴 수 있다고 생각했다. 이영의 본뜻은 나의 기분 전환이었을 테니까.

　실은 내 이야기 중 다른 데 마음이 쏠려 그랬다는 건 나중에 알았다.

　이영이 보스니아-헤르체고비나에서 돌아와 여행 이야기와 길병소에 대한 이야기를 간략히 들려준 뒤 다시 얼마쯤 지난 뒤였다. 진정한 연결을 원한다는 아드리아나의 말을 오랫동안 곱씹어왔다고, 이영은 말했다.

　어쩌면 연결이란 그렇게 발생되는 것인지도 모른다.

　이영은 독후감에 쓴 그 문장이, 말하자면 진정한 연결을 원한다는 아드리아나의 말에서 비롯된 물음이 십여년간 머릿속에서 떠나지 않고 있다가 우연히 루카 에글리의 책을 만나면서 자연스레 파생된 것이라고 했다.

　정작 나는 잊고 있었던 그 말을 이영이 지금껏 간직하

고 있었다는 사실에 조금 놀랐다. 그 순간 나는 어쩌면 이영에 대해 아는 것이 아무것도 없을지도 모른다는 생각이 들었다.

"그 말에 왜 그렇게 꽂혔었는데?"

내가 묻자 이영은 시선을 잠깐 떨어뜨렸다가 끌어올리곤 잘 모르겠다는 듯 양어깨를 으쓱했다.

실은 몰라서가 아니라 한마디로 설명하기 어려워서였다는 건 좀더 뒤에 알았다. 여행에 대해서도 길병소에 대해서도 앞서 들은 것보다 많은 이야기가 있었다는 사실 또한 그때 알았다.

제2부

/

믿음의 형식

1

　이영의 보스니아-헤르체고비나 여행 일정은 원래 5박
6일이었지만 이영은 그보다 일주일 늦게 귀국했다. 예기
치 못하게 루카 에글리를 만나 함께 여행을 하게 되어서
였다.

　루카 에글리는 육십대 중반의 여성이었고 스위스 베른
의 직업학교에서 삼십여년간 교사로 일하다 얼마 전 정
년퇴직을 한 상태였다. 그러니까 건축비평은 일종의 부업
인 셈이었다. 십여년 전 건축 관련 잡지사에 투고한 원고
가 편집진으로부터 호평을 받아 지면에 실렸는데 한 저명
한 건축가가 방송 인터뷰에서 그 글의 일부를 인용한 덕
에 간간이 칼럼 청탁이 들어오게 되었다. 젊은 시절 건축
학교에 다니다 중퇴한 이력 말고는 건축 분야와 관련한
별다른 경력이 없었음에도 그렇게 건축비평가로 불리기
시작했다. 여하튼 루카는 본업의 퇴직을 기념하는 의미로

동유럽과 발칸반도를 일주 중이었는데 크로아티아의 자그레브에 있을 때 한국 출판사를 통해 이영의 소식을 전해 듣고 만남을 청한 것이었다.

이영이 사라예보에 간 지 사흘째 되는 날이었다. 이영은 원래 이날 헤르체고비나 지역의 중심도시인 모스타르에 갈 생각이었지만 출판사의 연락을 받고 냉큼 계획을 변경했다.

두 사람은 오후 두시에 사라예보의 라틴다리 근처 카페에서 만났다. 책에는 저자 사진이 없었기 때문에 루카의 외양을 본 것은 그때가 처음이었다. 이영은 그녀의 생김새가 거의 동양인 같다고 느꼈다. 이영의 영어 실력은 초보 수준이라 둘은 주로 음성인식 번역 앱을 통해 대화를 나누었는데 서로의 기본적인 프로필을 주고받는 과정에서 이영은 루카의 어머니가 한국인이라는 사실을 알게 되었다. 그녀가 루카를 낳자마자 한국으로 돌아갔다는 사실도. 그러니 루카는 어머니에 관한 기억이 있을 리 없고 사진도 본 적이 없어 어떻게 생겼는지조차 모른다고 했다. 어떤 사연이 있는지 이영은 묻지 않았고 루카도 그 이상은 말하지 않았다.

의외인 건 그것 말고도 한가지 더 있었다. 루카는 책에서 느껴지던 인상과는 달리 무척 발랄하고 상냥한 사람이었다. 묘지 기행서라 그랬는지, 아니면 이영의 독후감대로 평생 공동묘지 관리인으로 살았던 자신의 아버지에게 바치는 추모서가 맞았던 건지, 책 속의 루카는 인적이 드문 길을 홀로 걷거나 한곳을 가만히 응시하는 것이 익숙한 사람으로 보였다. 그런 사람이라면 웃음이 적고 사교보다는 사색을 좋아하며 따라서 전반적으로 담담하거나 기본적으로 울적할 거라고, 이영은 짐작했다. 하지만 실제로 만난 루카는 수시로 박장대소하고 누구에게나 쉽게 말을 걸며 거의 모든 대상들에 호의와 호기심이 넘치고 걸음걸이도 더없이 대찼다.

"글을 쓸 때 발랄하거나 상냥하기는 어렵지. 대개는 신경질적이고 절망적인 심정으로 책상 앞에 앉아 있어. 당연히 홀로, 컴퓨터를 뚫어지게 노려보면서."

루카는 그렇게 말하며 여지없이 웃음을 뿜었다고 한다.

두 사람은 카페에서 나와 밀랴츠카강을 따라 걷다가 오래된 요새가 있는 전망대 쪽으로 방향을 잡았다. 사실 두 사람의 목적지는 전망대로 향하는 언덕길 도중에 자리한 코바치 국립묘지였다. 이영은 첫날 이미 그곳에 갔었다. 루카의 책에 등장하는 곳이었고, 무엇보다 이영은 독후감 1등 상품이 보스니아-헤르체고비나 여행이 된 건 루카가 그곳을 강력하게 추천했기 때문이라는 사실을 출판사 사람에게 들은 터였다. 출판사 쪽에서 비용 문제로 난감해하자 루카가 항공료와 숙박비를 지원하기로 하여 일이 성사되었다는 건 루카에게서 듣고 알았다.

처음 그곳을 보았을 때 이영은 그야말로 입이 떡 벌어졌다. 도시 안에 공동묘지가 있는 것도 놀라웠지만 도시의 외곽도 아니고 번듯한 주택가 한가운데에 수백의 묘가 즐비해 있는 풍경은 직접 눈으로 보고 있으면서도 현실이라 믿기 어려운 장면이었다고 했다. 한국의 묘와 달리 봉분의 형태는 아니었고 평장한 뒤 그 위에 새하얀 묘비만 세워놓은 터라 멀리서 보면 붉은 지붕 집들 주변에 빼곡히 흐드러진 흰 들꽃처럼 보였다고.

그곳은 원래 15세기의 이슬람교 순교자들이 묻혀 있던 곳이었는데 20세기 후반에 치른 내전 이후 전쟁의 상흔을 수습하면서 그때 사망한 이들을 한데 모아 1997년에 국립묘지로 조성된 것이었다. 이영은 그 내용을 루카의 책에서 읽었다.

그곳뿐만 아니라 사라예보에서는 시내 곳곳에서 크고 작은 공동묘지들을 볼 수 있었다. 강이나 나무, 식당이나 카페, 그리고 거리를 오가는 사람들처럼, 지극히 가당하고 자연스럽게. 그래서인가, 사라예보를 거닐다 보면 루카는 문득 이런 자각이 일어난다고 했다.

나는 살아 있는 사람이 아니라 살아남은 사람이다.

루카의 책에서 읽은 그 문장이 어떤 질감을 지닌 말이었는지 이영은 비로소 체감할 수 있었다. 그 순간 중학교 동창이었던 한 친구가 떠올랐다는 이야기는 나중에 들었다. 그 친구는 고등학생 때 죽었다는 것, 그리고 그 일로 자신의 많은 것들이 변했다는 이야기도.

전망대에서 내려와 두 사람은 모스크와 성당과 교회를 구경한 뒤 저녁을 먹고 술집으로 자리를 옮겼다. 루카가 칠년 전 사라예보에 왔을 때 갔던 바였는데 아직도 있는지 모르겠다며 안내한 곳이었다. 건물의 외양은 물론이거니와 실내 인테리어도 거의 변하지 않았다며 루카는 무척 반가워했다. 그러곤 자신이 칵테일을 추천해도 되겠느냐고 물었다. 이영이 흔쾌히 수락하자 루카는 박수를 치며 환하게 웃었다.

루카가 주문한 칵테일은 '프레디브나 루카(Predivna Luca)'라는 이름을 가지고 있었고 '프레디브나'는 아름답다는 뜻의 보스니아어였다. 알고 보니 칠년 전 루카가 이곳에 왔을 때 바의 주인이자 바텐더였던 남자와 어쩌다

밤새 술을 마시게 되었는데 술에 취한 루카가 직접 칵테일을 만들어보고 싶어져 남자의 도움을 받아 제조하게 된 칵테일이었다. 남자는 수정이 좀더 필요하다고 했으나 루카는 고개를 저었다.

"아니. 지금 이 맛이 딱 좋아. 나에게 이 맛은 완벽해. 도수와 색깔까지."

도수는 사십도에 달했고 색깔은 보라색이었다. 남자는 이름을 지어주곤 메뉴판의 칵테일 리스트에 올리겠노라 약속했다.

남자는 영어를 한마디도 알아듣지 못했고 루카 역시 보스니아어를 한마디도 알아듣지 못했는데도 두 사람은 손짓, 몸짓, 표정, 감탄사, 각종 소리들로 서로의 말을 이해했다고 한다. 루카는 그런 식의 대화가 처음이었는데 상대에게서 일어나는 모든 현상을 놓치지 않으려고 집중하고 상대에게도 자신이 그런 집중의 대상이 되는 경험이 꽤 신선했다고 했다. 한순간 피로감이 몰려오기도 했으나 그럴 때 서로에게서 시선을 떼고 말없이 음악을 들었던 시간도 좋았다고.

남자는 병으로 죽었고 지금은 그의 아들이 바를 운영하고 있었다. 아들은 영어로 소통이 가능했다. 그가 칵테일을 가져왔을 때 루카가 자신이 그 칵테일을 만든 장본인이라고 말하자 그는 반색하며 당신에게는 프레디브나 루카가 공짜이니 얼마든지 마시라고 했다. 아버지가 글로 남긴 마흔여덟개의 유언 중 그 내용이 포함되어 있었다면서. 그 말에 루카가 박장대소했다.

"유언을 마흔여덟개나 남겼다고? 게다가 그런 걸 유언으로 남겼다고? 설마 다른 마흔일곱개의 유언도 그런 종류의 내용인 건 아니겠지?"

그도 웃음을 터뜨리곤 말했다.

"모두 그런 내용인 거 맞아요."

루카는 고개를 절레절레 저었다.

"내가 만든 칵테일의 맛을 마지막까지 수정하고 수정할 때 이미 알아봤어. 얼마나 사소한 것에 집착하는 사람인지."

"맞아요. 엄청 피곤한 사람이죠."

루카는 미소를 문 채 그를 잠깐 바라본 뒤 양팔을 벌려 포옹을 청했고 그는 기꺼이 루카에게 와 안겼다.

"아버지는 유언을 쓸 때 행복했대요. 죽기 전에 유언을 쓸 수 있는 기회가 주어져서 감사하다고 했어요. 그런 기회조차 얻지 못한 이들이 훨씬 더 많으니까요. 그 말을 사람들에게 전해달라는 것이 마흔여덟번째 유언이었어요."

루카는 이틀 뒤 모스타르로 갔다가 그다음엔 몬테네그로와 알바니아를 여행할 계획이라며 이영에게 함께 가자고 했다. 자기 차로 여행 중이고 숙박은 주로 에어비앤비 숙소에서 할 것인데 혼자 묵더라도 기본적으로 2인실이니 추가 비용이 그리 많이 들지는 않을 거라고 이영을 안심시켰다. 이영이 항공권 일정을 염려하자 루카는 다른 사정 때문이 아니라 단지 비용이 문제라면 변경 수수료를 대신 내주겠다고 제안했다.

"루카씨는 대체 너의 어떤 점을 그렇게 마음에 들어 한 거야?"

도무지 이해할 수 없다는 듯 내가 묻자 이영은 코웃음을 뱉은 뒤 표정을 단정히 정리하곤 말했다.

"한국인 친구는 내가 처음이래."

호의는 고맙지만 그렇게까지 신세를 질 수는 없었으므로 이영은 변경 수수료가 예상보다 큰 액수면 원래의 귀국일에 돌아올 생각이었는데 다행히 비수기라 큰 부담이 되는 정도는 아니었다. 이영은 루카의 동행 제안을 받아들였다.

내가 연락했을 때 이영은 모스타르에 있었다. 그리고 이영이 길병소의 연인과 문자메시지를 주고받은 건 국경을 넘어 몬테네그로의 수도 포드고리차에 도착했을 즈음이었다. 포드고리차에서는 짧게 머물렀기 때문에 코토르로 이동한 뒤 길병소와의 인연에 대해 자세한 내용을 담아 이메일을 보냈다고 한다.

2

이영이 길병소와 처음 만난 건 오년 전이었다.

그즈음 나는 도곡역 근처에 숨 요가원을 개원하면서 인천에서 다시 서울로 이사했고 이영은 독립 선언을 하며 인천에 남았다. 그러면서 역세권에서 한참 벗어난 동네의 손바닥만 한 원룸에 월세로 들어갔다. 나로서는 인천 집의 전세금으로는 서울에서 분리형 원룸을 얻는 것이 최선이었던 터라 이영에게 보증금을 떼어줄 형편이 못 되었고, 다만 기본적인 살림살이를 마련해주는 정도로 언니로서의 체면을 간신히 차린 셈 쳤다. 그럴 수밖에 없는 상황이 스스로 불만스러워 나는 끝까지 이영의 독립을 말렸다. 요가원이 자리를 잡고 어느 정도 돈이 모이면 내가 알아서 독립을 시켜주겠다고 했으나 이영은 끝내 거절했다.

"돈 벌면 그때 줘도 늦지 않아. 무엇보다 언니가 돈을 벌어야 하는 이유에 내가 관련되는 게 싫어. 더는 그러고 싶지 않아. 언니가 벌어야 하는 돈의 규모가 나 때문에 커지는 걸 바라지 않는다는 뜻이야. 그 정도로 돈이 안 벌리면 언니는 언니가 직업을 바꾼 걸 후회하게 될 테고, 그런 후회에 내가 한몫을 하고 싶지 않아. 나는 정말로 언니가 잘했다고 생각하니까."

"일이 잘 안 풀리면…… 내가 너를 원망할 거라는 뜻이야?"

"그건 모르지. 하지만 만약 그렇게 되면 원망을 받는 나보다 원망을 하는 언니가 더 괴로워할걸?"

"무슨 뜻이야?"

"아니면 말고. 어쨌든 나는 분리형 원룸에서는 못 살아. 거실이자 부엌인 곳에서 자고 싶지도 않고 언니와 한 방에서는 더더욱 못 자. 나도 내 방이 필요하다고. 그게 코딱지만 한 공간이라도."

요가원과의 거리 때문에 서울로 이사를 결정했지만 인천에서의 출퇴근이 영 불가능한 건 아니었다. 인천 집에서 서울 도곡의 요가원까지는 버스와 지하철로 두시간 반 정도 걸렸으나 첫 수업 시간을 조절한다면 인천의 투룸 집에서 이영과 계속 살 수도 있었다. 하지만 새벽반도 꽤 수요가 있다는 소리를 들었던 터라 포기하기가 쉽지 않았다.

이사를 강행하면서까지 굳이 그 위치에 요가원을 낸

건 공간의 계약 조건이 파격적이어서였다. 보증금 없이 월세만 내면 되었는데 그조차 주변 시세보다 한참 낮았다. 대신 회원수가 열명 늘 때마다 월세를 십만원씩 올리기로 했지만 현실적으로 신규 회원의 증가 속도나 요가원이 수용 가능한 최대 인원을 생각하면 월세가 최고치에 이르러도 시세를 뛰어넘지는 않을 것이었다.

건물주와 개인적인 친분이 있었던 덕이었다. 건물주인 심박사는 요가와 심리치료를 접목한 워크숍에서 만났다. 심박사는 모 대학의 심리학과 교수직을 정년퇴직하고 몇년이 지난 상태였다. 워크숍은 닷새간 매일 세시간씩 진행되었고 참가 인원은 열명이었는데 심박사를 빼곤 모두 삼사십대 여자였던 터라 심박사는 휴식 시간이나 사석에서 은근히 소외되는 분위기가 있었다. 물론 반드시 연령대나 성별이 달라서만은 아니었고 거의 모든 화제에 대해 상대를 가르치는 듯한 말투와 내용이 사람들의 심기를 불편하게 만들어서였다. 그것이 직업적 습관 때문인지 타고난 기질 때문인지는 알 수 없었다. 자신을 향한 미묘한 배척을 눈치챈 듯 심박사는 사흘째부터 누구에게도 먼저 말을 거는 일 없이 못마땅한 표정으로 사람들을 바라보았다. 그런 심박사가 나에게 호감을 갖게 된 것은 네번째 워크숍에서 내가 그의 말에 관심을 보이며 질문하고 그의 대답을 경청했기 때문이었다.

그날의 주제는 '불안감과 결핍감: 그 원인과 치유'였다. 진행자의 강의가 끝난 뒤 토론이 진행되었는데 이때 심 박사는 이렇게 말했다.

"현재란 자신이 지금 이곳에 존재하고 있음을 여실히 깨달을 수 있는 유일한 장(場)입니다. 하지만 생각에 빠지면 현재를 놓칠 수밖에 없어요. 사람이 불안하고 결핍되어 있을 때 하는 생각의 내용은 언제나 과거나 미래와 관련되어 있습니다. 과거의 좋았던 일들과 나빴던 일들, 미래에 좋아질 일들과 나빠질 일들에 대해 생각하는 거죠. 그런데 애초에 사람이 불안감과 결핍감을 느끼는 건 자기존재감이 확인되지 않아서예요. 자기존재감을 확인했을 때 사람들은 가장 안정감을 느끼니까요. 끊임없이 과거나 미래를 생각하는 것도 그런 이유로 일어나는데 역설적이게도 그러면 그럴수록 자기존재감을 확인할 길은 요원해집니다. 실제로 존재하는 건 현재뿐이거든요. 과거는 지나갔고 미래는 오지 않았어요. 그것은 이미 존재하지 않거나 아직 존재한 적 없는 시간인 겁니다. 그러니 현재에 있을 때만, 그러니까 지금 이곳에 있는 나를 지각할 때만 자기존재감이 확인될 수밖에 없어요. 휴식은 그럴 때 일어납니다."

그즈음 나는 요가에 대해 일종의 매너리즘에 빠져 있었다. 어쩌면 당연한 일이겠지만 강습생들 중 몸과 마음의 통합을 위한 수련으로 요가를 대하는 이들은 극히 드물었고 운동이나 미용 차원에서 효과를 얻으려는 이들이 대다수였다. 무조건 땀을 빼기를 원하거나 고난이도의 동작을 향한 성취욕을 불태우는 이들도 많았다. 원장의 요구만큼 수강생을 확보하려면 사람들의 욕구를 어느 정도는 채워줄 필요가 있었는데 그에 따라 프로그램을 짜다 보니 이것저것을 적당히 뒤섞어 정형화하는 데 주의를 기울일 수밖에 없었고, 그럴수록 요가의 기본인 호흡과 몸의 움직임을 자각하는 과정은 몇마디의 말로 때워졌다. 다양한 워크숍에 참여하게 된 건 그런 나 자신에 안주하고 있다는 회의가 들어서였다.

'지금 여기'라는 현재성만으로 자기존재감을 확인할 때 불안과 결핍으로부터 벗어날 수 있다는 심박사의 말은 몸과 마음의 통합이라는 요가의 기본 정신과 닿아 있다고 느꼈다. 다만 심박사가 말하는 자기존재감이란 정확히 어떤 것인지, 이를테면 물리적 실재감인지 정서적 충만감인지는 불분명했으므로 이야기를 좀더 들어보고 싶었다. 질문을 던지자 심박사는 기다렸다는 듯 눈동자를 빛내며 일장 연설을 시작했다. 이야기가 끝날 기미가 보이지 않자 워크숍 진행자는 결국 말허리를 잘랐다. 워크숍이 끝난 뒤 심박사는 나에게 차 한잔을 권했고 우리는 카페에서 못다 한 이야기를 나누었다. 그날 심박사가 한 말이 미국의 한 명상심리학자의 책에 나온 내용과 거의 똑같다는 건 나중에 알았다.

여하간 그 일이 계기가 되어 심박사는 이후에도 가끔씩 연락을 해 왔다. 만날 때마다 몇시간이고 쉼 없이 자기 말을 쏟아내는 사람이라 피로감이 일었지만 그는 종종 본인의 인맥을 이용하여 기업, 병원, 교도소 등 다양한 기관에서 요가 특강을 진행할 수 있도록 연결해주었기 때문에 나는 자연히 그의 수다를 참게 되었다. 요가원의 수업보다 기관의 특강은 어떤 점에서는 좀더 통합적인 교육이 가능했고 보수도 훨씬 좋았다. 지속성이 없다는 게 아쉽긴 했다.

그는 나를 계속 만나려는 이유가 요가 수련을 접목한 심리치료 센터를 열고 싶어서라고 했다. 그래서 그의 건물 3층도 최소한의 계약 조건으로 내주는 것이라고. 목적도 방법도 충분히 혹할 만했다.

건물 4층에는 심박사가 운영하는 심리상담연구소가 있었는데 그곳에서 어떤 연구를 하는지는 알 수 없었지만 심박사는 매일 같은 시간에 출퇴근을 했고 하루에 한두번씩 요가원에 들러 한두시간씩 머물다 갔다. 나는 매번 끝도 없이 이어지는 그의 말을 묵묵히 들어야 했는데 그는 사회, 정치, 경제, 인간관계 등 온갖 주제에 대해 다변을 늘어놓을지언정 이전에 함께 도모하자던 센터 일에 대해서는 한마디 언급도 하지 않았다. 일의 파트너로도 건물주로도 그리 괜찮은 것 같지 않다는 생각이 들기 시작했지만 크게 불만스럽지는 않았다.

그의 호의가 아니었더라면 요가원 개업은 엄두도 못 낼 일이었다. 물론 언젠가 나의 요가원을 열고 싶다는 마음은 늘 품고 있었다. 내가 원하는 분위기로 요가원을 꾸미고 내가 바라는 프로그램을 짜서 내가 생각하는 요가의 진정한 가치를 나의 방식으로 구현해보고 싶었다. 하지만 요가 강사로 돈을 모으기란 쉽지 않았다. 기본적으로 프리랜서이고 시급 수준도 높은 편이 아니기 때문에 고정 지출을 제하고 나면 남는 돈이 거의 없었다. 자격증을 딴 뒤 사년간 여러 학원에서 일하며 부지런히 저축을 했지만 사업을 시작하기에는 턱없이 부족했다. 대출을 받는 방법도 있었으나 기존의 전세 대출금도 완납하지 못한 상태에서 빚을 늘리는 건 숨 막히는 일이었고 요가원을 낸다고 상황이 금방 좋아질 것 같지도 않았다.

빚은 늘어나지 않았지만 사정은 나아지지 않았다. 결국

엔 강사 시절 때와 같은 문제에 봉착할 수밖에 없었다. 회원을 늘리려면 어떤 프로그램으로 강습을 해야 할까. 아래층의 필라테스 센터는 오픈한 지 얼마 안 되어 금세 사람들로 북적이기에 뭔가 남다른 홍보 노하우가 있나 싶었는데 알고 보니 연예인들이 다닌다는 강남의 유명한 필라테스 센터의 분점이었다. 나는 고심하다 필라테스 센터 원장에게 패키지 상품을 제안했다. 이를테면 요가와 필라테스를 함께 신청하면 월 회비를 깎아주는 방식은 어떻겠느냐고. 필라테스는 근력을 강화시키고 요가는 심신을 안정시키니 두가지를 결합하면 시너지를 일으킬 거라며. 필라테스 센터 원장은 픽 웃었다.

"필라테스에 대해 잘 모르시나봐요. 필라테스는 단지 근력 강화 운동이기만 한 게 아닌데요."

"아, 죄송합니다."

퍼뜩 수치심이 일었다. 심신 안정의 끼워팔기라니. 왜, 아예 몸의 라인을 잡아주는 운동이라고 하지.

고민을 거듭한 뒤 아예 성격이 다른 두 종류의 수업을 진행하기로 했다. 하나는 기초반이라는 이름으로 호흡과 몸의 움직임을 자각하는 수업을, 다른 하나는 심화반이라는 이름으로 전통 요가인 아쉬탕가 요가와 수리야 나마스

카라를 기반으로 한 빈야사 요가 수업을. 조금씩 회원들
이 모이기 시작했지만 만족할 만큼 빠른 속도로 늘지는
않았다.

그런 시간을 보내느라 나는 이영이 인천에서 어떻게
지내는지 신경 쏠 겨를이 없었다. 길병소의 연인이 나를
찾아오지 않았더라면 나는 그 시절 이영이 어떤 시간을
보냈는지 영영 몰랐을 것이다.

3

이영과 길병소는 인천 외곽에 위치한 욥 기도원에서
처음 만났다. 당시 이영은 기도원의 간사로 일하고 있었
고 길병소가 사흘간 진행된 금식기도회에 참여하면서 두
사람의 인연이 시작되었다.

처음 그 말을 들었을 때 나는 소스라쳤다. 기도원은 사
이비 종교인들의 집합소가 아닌가. 이영은 강하게 부인했
다. 이영의 말에 따르면 욥 기도원은 당시 다니던 교회의
산하기관이었으며 그 교회는 정통 교단 중 하나에 속한
곳이라고 했다. 정통 교단의 교회에서 수련원의 개념으로
기도원을 운영하는 경우가 많다고도 했다. 그럼 왜 나한
테 말을 안 했느냐고 따져 묻자 이영은 헛웃음을 지었다.

"그냥 타이밍을 놓친 것뿐이야. 그리고…… 언니도 다
말하는 건 아니잖아. 모든 걸 공유하는 그런 사이 아니야,
우리. 반드시 그래야 한다는 법도 없고."

맞는 말이었다.

이영은 나주 집을 떠나 나와 살면서 그 교회를 다니기 시작했다. 당시 나는 서울의 반지하 방에서 살다가 에이도스컴퍼니에 들어가면서 대출을 받아 지상층 방을 구할 참이었는데 이영의 상경으로 투룸 집이 필요해졌고 여러 조건에 맞는 집을 인천에서 찾게 되어 그곳으로 이사한 것이었다.

이영이 욥 기도원에서 일하기 시작한 건 내가 심박사와 요가원 계약을 하기 몇달 전이었다. 이영은 한달의 휴식기를 지나 다시 일을 시작한 지 세달쯤 되어가고 있었다. 이번엔 모 기업의 물류센터에서 입고 전산 업무를 맡았다. 물류센터로 들어온 택배 박스를 열어 물건의 품질과 수량을 확인하고 바코드를 찍어 입고 처리를 하는 일이었다. 점심시간과 십오분간의 오후 휴식 시간을 제외하곤 종일 한자리에 서서 일해야 했기 때문에 매일 다리가 퉁퉁 부었다. 중량이 꽤 나가는 택배박스들을 많이 다룬 날에는 어깨와 팔뚝의 통증도 만만치 않았다. 그래서인가, 여섯달 일하고 한달 쉬는 패턴이 여러 측면에서 자신에게 적합하다고 여겨왔으나 그즈음 처음으로 여섯달이 너무 긴 시간이라는 생각이 들었다.

그전에 했던 아르바이트들도 수월하지는 않았다. 업무 강도도 그랬지만 대부분 낯선 고객들을 상대하는 일들이라 감정 소모가 만만치 않았다. 때로는 공포심이나 굴욕감마저 드는 상황이 펼쳐지기도 했다. 미소를 띠지 않는 것은 냉대로, 미소를 띠는 것은 냉소로 받아들여지는 경우가 비일비재했고 쌍욕을 듣거나 고객이 던진 물건에 맞은 일도 있었다. 트집, 반말, 엄포, 성희롱적 발언 등을 조금도 겪지 않은 일터는 한곳도 없었고 고객들의 그런 행태를 천만부당한 일로 여기며 대신 나서서 적극적으로 맞대응하는 사장 또한 한명도 없었다. 도리어 그런 일들을 고객이 아니라 사장으로부터 당하는 경우도 있었다. 아니면 어느 정도의 불쾌감은 서비스업 종사자들이 기본적으로 감수할 수밖에 없는 직업적 리스크이므로 스스로 멘탈 관리를 잘하는 것만이 해결책이라는 식의 위로인지 충고인지 모를 소리를 들어야 했다.

물류센터 일은 상대적으로 감정 소모는 덜했으나 육체적으로는 훨씬 힘들었고 그만큼 급여는 더 높았으나 작업 속도에 대한 날카로운 관리와 압박으로 숨이 막혔다. 업무 시간 중 딴생각이나 딴짓을 한 적이 없는데도 회사에서 정한 당일 물량을 처리하지 못하면 여지없이 근무태만자로 찍혔다. 유독 무거운 물건이 많은 날 그런 것이었으나 사정은 고려되지 않았다. 물량을 채우기 위해 허둥거리다 실수를 하기도 했는데 그로 인해 불량 처리된 물건과 입고 완료된 물건의 합계가 총계와 맞지 않으면 급여에서 일정한 금액이 깎였다.

그러던 중 교회의 목사가 기도원의 간사 일을 제안해왔다. 이영은 지난 칠년간 주일 예배에 한번도 빠진 적 없고 목사 자신을 비롯해 집사들 모두가 이영의 성품이 썩어질다고 평가했다는 것이 이유라고 했다. 이영은 며칠 고민한 뒤 제안을 받아들였다. 급여는 당연히 물류센터의 절반 수준으로 낮았으나 그런 만큼 근무 시간도 적고 업무 자체도 그다지 어렵지 않았으며 더욱이 그곳을 찾는 이들은 모두가 신앙인들이라 필요 이상의 감정 소모도 상대적으로 적을 거라는 생각이 들었다. 부족한 생활비는 파트타임 아르바이트로 채우면 될 것이었다.

역시나 예상대로 흘러가는 일터는 세상에 없다는 걸 다시 한번 깨닫기까지 그리 긴 시간이 걸리지 않았다. 세상에 고되지 않은 직업이 있을 리 없고 임금과 근무 시간만으로는 노동의 질이나 양을 예측할 수 없다고 생각해온 지 오래라 별로 낙담하지는 않았다. 다만 기도원이라고 해서 그곳에 모인 이들이 단지 기도하는 마음만을 품고 나누진 않는다는 걸 목도하는 건 새로운 경험이긴 했다. 물론 교회에서도 오로지 신을 경배하고자 신을 믿거나 신의 말씀대로 살고자 노력하고 있다고는 도무지 여겨지지 않는 이들을 무수히 만났다. 하지만 기도원은 기본적으로 깊은 영성 회복을 위해 고도로 집중할 수 있도록 마련된 터전이므로 이곳에서 일하거나 이곳을 찾는 이들은 스스로의 의지로든 은혜를 받아서든 잡스러운 번뇌가 정화될 준비가 된 사람들일 거라고, 이영은 막연히 믿고 있었다. 그것은 단지 기도원에 한번도 와본 적이 없어서 생긴 환상에 불과했음을 인정하고 나자 갈등이 사라졌다. 사람은 장소가 바뀐다고 다른 존재가 되는 건 아니었다.

기도원에는 총 네명의 운영위원이 있었다. 교회의 부목사인 기도원장, 행정을 관리하는 사무장, 예배와 교육 관련 업무를 담당하는 전도사, 그리고 숙소 관리와 교인 상담, 홈페이지 관리 및 홍보 업무를 맡은 사무간사 이영. 그외에 식사를 책임지는 취사원과 심야 시간대를 위한 상주 관리인이 있었는데 운영위원에는 속하지 않았고 별도의 급여가 없는 릴레이 봉사직이었음에도 일을 맡은 이들을 위해서는 목사가 특별기도를 해주었으므로 언제나 신청자가 넘쳤다.

이영은 보통 아침 여덟시에 출근해서 오후 여섯시에

퇴근했다. 처음 목사가 제안했을 때는 오전 열시 출근에 오후 네시 퇴근이라고 했지만 전도사의 업무 보조 요청이 점차 늘어나면서 자연스레 그렇게 되었다. 당연히 추가수당이 있을 리 없고 그에 대해 요구할 수도 없었다. 불만조차 허용되지 않았다. 아니, 그것은 도리어 은혜로운 일이었다. 교회가 자신을 필요로 한다는 것, 그리고 그것을 기꺼이 받아들이는 것은 신의 부름에 응답하는 일이었으니까. 믿음이란 그런 것이었다.

그런 상황에서 이영이 할 수 있는 파트타임 아르바이트라면 편의점의 심야 근무밖에 없었는데, 수면 시간의 부족이라는 문제도 있었으나 철야기도회나 금식기도회와 같은 특별 프로그램이 진행될 때는 기도원에서 숙박을 해야 했기 때문에 애초에 고려해볼 수도 없었다. 결국 이영은 월셋집을 정리하고 아예 기도원으로 들어갔다. 숙박비를 내는 대신 다른 이들의 업무를 다각도로 보조하는 일을 추가로 맡았다. 이영이 기도원에서 일한 지 한달쯤 되었을 때의 일이었다.

길병소가 기도원에 온 건 그로부터 두달쯤 지난 뒤였다. 길병소는 이영이 다니는 교회 사람은 아니었다. 기도원에 오는 이들은 주로 같은 교회 사람들이 많았는데 길병소처럼 아무 연고 없이 기도원을 찾는 이들이 없지 않았다. 그래도 그들은 모두 최소한 기독교인이긴 했다. 길병소는 기독교인도 아닐뿐더러 교회를 다녀본 적도 없다고 자신을 소개했다. 더욱이 사는 곳은 서울이었다. 그런 사람이 왜 굳이 인천 외곽의 기도원에서 진행하는 '영성 회복을 위한 2박 3일 금식기도회'에 관심을 갖게 되었는지 이영은 잘 이해되지 않았으나 자세한 이유는 묻지 않았다.

금식기도회라고 해서 정말로 아무것도 먹으면 안 되는 건 아니었다. 당연히 외부 음식은 반입 금지였으나 물과 소금, 두유는 제공되었는데 그걸 먹고 안 먹고는 참가자가 선택하게 되어 있었다. 길병소는 물만 마셨다.

길병소는 끊임없이 이영에게 질문을 던졌다. 영성이란 무엇이냐, 영성 회복과 금식은 어떤 관계가 있느냐, 기도는 어떻게 해야 하냐, 뭐든지 바라는 건 다 기도해도 되냐, 다른 사람들은 어떤 내용으로 기도를 하냐, 금식을 하면 기도가 더 잘되느냐 등등. 기도원에서 그런 질문을 하는 사람은 처음이었다. 이영은 기도원이 그런 걸 가르쳐주는 곳은 아니며 더욱이 자신이 대답해줄 수 있는 물음도 아니므로 금식기도를 마치면 교회를 다녀보기를 권했으나 길병소는 이영의 말에 또다시 무수한 질문을 파생시

커나갔다. 두 사람이 따로 대화 나누는 모습을 몇번 목격한 전도사는 이영에게 주의를 주었다. 금식기도회가 이틀째 되던 날이었다.

"젊어서 그렇겠거니 이해하지만, 도간사, 이곳은 사교장소가 아니에요. 특히 금식기도 기간에는 일반 기도집회 때보다 영적 민감도가 높아지기 때문에 더욱 조심해야 합니다."

이영은 오해를 풀고자 했지만,

"도간사는 최근 언제 금식기도를 하셨죠?"

라고 곧장 물어 오는 바람에 기회를 놓쳤다.

"해본 적 없습니다."

전도사의 눈이 조금 커졌다가 원래대로 돌아왔다.

"그렇군요."

전도사는 더이상 말을 보태진 않았으나 이영이 압박감을 갖기엔 충분했다.

길병소가 다시 말을 걸었을 때 이영은 정색하며 금식기도를 무사히 마치라고 말한 뒤 쌩 돌아섰고 이후로는 대화를 나눈 적이 없었다.

첫 만남은 그게 다였다.

이년 뒤 이영은 길병소를 다시 만났다. 어느 날 길병소에게서 이메일이 왔다. 메일을 열기 전까지는 '보낸 이' 항목에 적힌 그의 이름을 기억하지 못했다. 메일 제목이 '욥 기도원의 도이영 간사님께'였기 때문에 스팸메일은 아닐 것이었으나 이영은 더이상 그곳의 간사도, 그곳을 운영하는 교회의 교인도 아니었고 더욱이 그곳을 떠난 건 모종의 일들로 진저리가 나서였기 때문에 그 시절의 호칭으로 호명되는 것이 영 마뜩잖아 조금 긴장한 채로 메일을 열었다.

메일은 아주아주 길었다. 그렇게 긴 메일을 받아본 건 처음이었다. 결국엔 자신이 왜 이영에게 연락했는지 설명하는 내용이었고 핵심은 한번 만나달라는 것이었다. 그 말을 전달하기 위해, 그리고 자신의 요청을 성사시키기 위해 이토록 길고 자세하게 자신이 누구이고 어떤 사람인지 설명할 필요가 있나 싶으면서도 그만큼 간절하고 지극하게도 여겨져 이영은 자신이 어떤 도움을 줄 수 있을지는 잘 모르겠으나 일단 만나겠다고 답했다.

이영은 길병소를 반년에 걸쳐 다섯번 만났고 그뒤로는 만난 적도 연락을 주고받은 적도 없었다. 인연이 끊기고 다시 반년쯤 지나 딱 한번 이메일을 받긴 했다. 메일에는 영상 파일이 첨부되어 있었다. 그 영상을 본 뒤 이영은 신앙을 버렸다.

4

길병소는 독립영화사의 스태프로 일하고 있었다. 욥 기도원의 기도회에 참여했을 때도 그랬으나 신청서 직업란에는 무직이라고 표기했기 때문에 이영은 알지 못했다.

길병소의 꿈은 영화감독이었고 독립영화사에 들어가기 전까지 프리랜서 스크립터로 일했다. 수입이 불안정한 프리랜서 일이 편할 리 없었지만, 영화 제작은 기본적으로 일정 기간 동안 집중적으로 진행되는 프로젝트 기반의 작업이기 때문에 그때그때 필요한 인력을 일시적으로 고용하는 것이 일반적이라 별수 없었다. 일단 그렇게라도 경험과 인맥을 쌓으면서 시나리오 공모전에 도전하거나 단편영화를 찍어 각종 영화제에 출품하여 성과를 낸 뒤 이를 발판 삼아 장편영화 감독으로 데뷔하는 것이 길병소의 계획이었다.

열정과 진심을 잃지 않는다면 얼마든지 가능한 계획이

라고 믿어 의심치 않던 시절은 금세 막을 내렸다. 현실은 생각보다 훨씬 복잡하고 냉엄하다는 좌절과 그럼에도 불구하고 자신의 발목을 잡는 그 모든 현실적 조건들을 기어이 뚫고 나갈 만큼의 재능이 자신에게 있는지에 대한 회의 속에서 허우적대는 시절이 한참 이어지고 있었지만, 계획을 아주 포기한 건 아니었다. 다만 예상했던 것보다 시간이 좀더 걸리고 있을 뿐이라고, 길병소는 억지로 믿고 있었다.

같은 꿈을 꾸며 엇비슷한 시절을 보낸 여섯명이 의기투합해 독립영화사를 꾸렸다. 각자 만들고 싶은 영화를 마음껏 찍어보자는 것이 그들의 선언이었으나 언제나 문제는 자금이므로 그 점을 고려한 결정이기도 했다. 공공기관의 지원 사업을 따내는 데는 개인보다 단체로 신청하는 편이 유리했고, 한 사람이 영화를 찍을 때 나머지 사람들이 스태프를 해준다면 비용을 절감할 수 있었다. 한마디로 품앗이 집단에 가까웠으며 장편영화 제작은 여전히 꿈도 못 꿀 판이었지만, 햇수가 더해질수록 각자의 단편영화와 시나리오가 느슨한 속도로 쌓이기는 했다. 단편영화 몇편은 영화제에서 수상을 하거나 다양한 문화공간에서 상영되기도 했다. 그렇다 한들 멤버들의 자비 부담이 대폭 줄어들지는 않았고 회사 살림이 빠듯하기는 마찬가지라 각종 영상 제작을 의뢰받아 근근이 구멍을 메웠다. 하지만 외주 일의 비중이 커지면서 본래의 정체성을 되찾자는 반성이 일어나 담당 직원을 채용하기로 했다. 그가 바로 길병소였다.

길병소는 그들 중 세명과 얕거나 깊은 인연이 있었고, 시나리오를 쓰는 데 실질적인 도움을 받거나 잘만 하면 영화를 직접 찍을 수 있는 기회가 주어질 수도 있다는 소리에 마음이 동해 박봉의 일자리 제안을 선뜻 받아들였다. 기본적인 영상 편집은 학원에서 배운 게 다였지만 의외로 영상 디자인에 재능이 있었는지 길병소는 그들이 기대했던 것보다 훨씬 더 빠르고 훌륭한 솜씨로 외주 일을 처리해나갔다. 상황에 따라 다른 이들의 단편영화 스크립터를 맡았는데 당연히 그 일은 더욱 빈틈없이 해냈다. 반면 그가 검토를 요청한 수십개의 시놉시스와 서너편의 시나리오는 좋은 평가를 얻지 못했다. 상투적이다, 노골적이다, 뭘 말하고 싶은 건지 모르겠다, 영상이 잘 그려지지 않는다, 너무 다큐적이다 등등.

"뭐가 문제인지 모르겠어요."

길병소는 그들 중 가장 인연이 깊은 선배에게 말했다.

"뭐가 문제인지 이미 다 말했잖아."

"아니, 그게 아니라…… 뭘 어떻게 해야 그 문제들이

해결될 수 있을지 모르겠다고요."

선배는 픽 웃고는 길병소의 빈 술잔을 채워주며 말했다.

"그건 우리도 마찬가지야. 아니, 우리뿐만 아니라 모든 문제들에 대해 모든 사람들이 그럴걸. 물론 어떻게 해야 문제가 해결되는지 안다고 자신하는 사람도 있지. 하지만 그 사람은 반드시 뒤통수를 맞게 되어 있어. 아무 문제도 발생하지 않는 일이란 세상에 존재하지 않거든. 하나를 해결하면 다른 게 또 생겨. 끊임없이, 끝도 없이. 그럼 우린 어떻게 해야 할까? 그냥 해보는 수밖에 없어. 이렇게 하는 게 맞을까, 저렇게 하는 게 맞을까, 아 이게 맞네, 아 이건 틀렸네 하면서. 끊임없이, 끝도 없이. 그냥 그렇게, 꾸역꾸역."

길병소는 자신이 물은 것과는 영 다른 대답을 들었다고 생각했지만 그 말은 오랫동안 기억에 남았다.

*

그곳에서 일한 지 일년쯤 되었을 때 길병소는 누군가의 조언대로 어쩌면 자신은 영화보다 다큐멘터리에 더 맞는 사람일지도 모른다는 생각이 들었다. 그래서 일단 이십여분짜리 단편 다큐멘터리를 기획해보기로 했다.

같은 주제로 여러가지의 시놉시스를 작성했지만 이번에는 누구에게도 보여주지 않았다. 텍스트보다는 영상으로 시놉시스를 전달하는 게 훨씬 효과적이겠다는 판단에서였다. 영상은 휴대폰으로도 얼마든지 제작이 가능해 그리 어려운 일은 아니었지만 아무래도 거친 편집이 될 것이니 영상을 통해 전달하고 싶은 바는 내레이션으로 처리하면 될 터였다. 새로운 영화 화법을 고안한 것도, 어느 누구도 하지 않은 이야기를 생각해낸 것도 아니고 고작 검토 대상이 될 뿐인 시놉시스의 형식을 바꾸는 일이었는데 이상하게 그것만으로도 가슴이 두근거렸다.

길병소가 기획한 단편 다큐멘터리의 제목은 「무고」였다. 한자로는 無辜, 잘못이 없다는 뜻이었다. 사전적으로는 그 의미의 '무고'를 명사로 쓸 수는 없고 '무고하다'라는 형용사나 '무고히'라는 부사로만 쓸 수 있었지만 그게 무슨 대수냐 싶었다.

처음 생각한 제목은 「욥의 배신」이었다. 욥은 구약성서 『욥기』의 주인공으로 가족과 재산, 건강 등을 모두 잃게 되는 가혹한 고난을 겪지만 결국에는 신앙심으로 고통을 승화한 인물이었다. 자신에게 닥친 시련 또한 하나님의 뜻임을 깨달은 것이었다. 그러나 그러한 깨달음이 쉽게 찾아온 것은 아니었다. 욥은 신을 충실히 섬겼고 죄를

짓지도 않았으며 성실하고 평화로운 삶을 살고 있었는데도 어쩔 도리가 없는 역경이 닥친 것이었고, 그렇게 아무 이유 없이 끔찍한 일들을 당하며 하나님을 원망하고 의심한다.

왜 하필 나인가.

욥은 계속해서 그 의문을 떨치지 못한 채 괴로워한다. 그때 하나님이 욥의 눈앞에 현현하여 묻는다.

내가 이 세상을 창조할 때 너는 무엇을 했느냐.

욥은 대답한다.

아무것도 한 것이 없습니다.

그 순간 욥은 이 세상을 창조하고 주관하는 이는 하나님이며, 그렇다면 자신의 고난 또한 하나님의 섭리에 속한 것임을 깨닫고 회개한다.

이러한 이유로 많은 신앙인들이 욥을 고난 가운데 있는 신앙인들의 모델로 생각했으며, 대표적으로 대교황 그레고리오 1세는 의인의 영혼은 이 세상에서 역경을 겪을수록 창조주의 얼굴을 깊이 묵상하려는 갈증이 더 커지는 법이라며 욥을 언급하기도 했다.

길병소가 욥에게 관심을 갖게 된 건 외주 일로 모 교회의 홍보 영상을 제작하면서였다. 처음에는 영화사가 아무리 옹색하다고 이런 일까지 해야 하나 싶었다. 불교도인 어머니와 기독교인인 아버지의 격심한 갈등과 불화를 평생 보아온 터라 종교의 종 자만 들어도 넌더리가 났다. 그에게 불교는 일체만물이 헛되고 헛되다고 말하는 우울한 종교이며 기독교는 예수천당 불신지옥을 외치는 주입적 종교일 뿐이었다. 아니, 세계관이 어떻든 그들이 신에게 바치는 기도란 결국 기복을 향하고 있을 뿐이었고, 그렇다면 굳이 서로 다른 교리를 가질 필요가 있나, 길병소는 냉소해왔다. 오로지 돈을 벌기 위한 업무가 보람까지 안겨줄 필요는 없으나 최소한 가족사에 얽힌 해묵은 역정을 자극하는 일은 하고 싶지 않았다. 하지만 여타의 외주 일보다 보수가 좋은 편이라 선배들에게 대놓고 불편함을 드러내기는 어려웠다.

그런데 교회 쪽에서 편집에 쓰라며 넘겨준 목사의 설교 영상들이 의외로 흥미로웠다. 물론 목사가 전달하려는 기독교적 메시지가 그렇다는 건 아니었고 이야기를 풀어내는 목사의 방식이 꽤 극적이어서였다. 풍부한 감정을 담았으면서도 강약 조절이 섬세하여 리듬감이 느껴지는 대사와 그에 어울리는 화려한 몸짓을 능숙하게 구사하는 목사는 거의 모노드라마의 배우처럼 보였다. 성경도 알고 보면 드라마틱한 이야기 모음집이라는 생각이 절로 들 정도였다. 길병소는 순식간에 목사의 구연에 빠져들었고 한 영상에서 욥의 이야기를 접했다. 목사는 『욥기』의 내용을 탄탄한 플롯을 갖춘 설화처럼 소개한 뒤 욥의 이야기에서 핵심은 '이유를 알 수 없는 고난'이란 무엇인가에 있다고 말했다.

"어느 날 느닷없이 극복 불가능한 사건이 닥쳐왔어요. 하나님을 믿는 자에게 그것은 어떤 일일까요? 어떤 일이긴요. 세계를 관장하시는 하나님의 뜻이죠. 한 치의 오류도 없이, 완벽하게 명료하고 완전하게 합목적적인 계기인 겁니다. 하지만 하나님을 믿지 않는 자에게 그것은 무질서일 뿐이에요. 이유도 알 수 없고 그 일이 어디로 흘러갈지 방향도 짐작할 수 없어요. 그러니 어떻겠어요? 그가 경험하는 건 혼돈과 좌절, 불안밖에 없습니다. 시작도 끝도 파악할 수 없는 무질서의 늪에서 허우적대는 것 말고는 할 수 있는 일이 없어요. 그러한 세계에서는 모든 것이 우연일 따름이며 우리는 다만 우연의 지배에 일방적으로 당하는 무기력한 존재에 불과하게 됩니다. 하나님을 믿는다는 건 질서의 세계를 마주하는 일입니다. 사방에서 무한히 펼쳐지는 듯 보이는 무질서를 하나님께서 관장하고 계시다는 걸 깨달으면 모든 것이 이미 질서 그 자체임을 알 수 있어요. 세상 만물이 하나님의 질서 속에서 움직인다는 걸 믿는 자의 삶은 어떨까요? 어떻겠습니까?"

물음을 던진 뒤 목사는 침묵한 채 천천히 장내를 둘러 보았다. 그러고는 시선을 떨구며 고개를 살짝 숙인 뒤 한 없이 평화롭고 부드러운 미소를 지은 채 십여초간 잠자코 있었다. 마치 절대적이고 영원한 질서의 세계에서 산다는 것이 어떤 일인지를 온전히 음미라도 하는 듯.

　그 순간 길병소의 눈에서 굵은 눈물이 주르륵 흘러내 렸다. 길병소는 소스라쳤다.

　뭐야, 씨발.

　그렇게 웅얼거리며 길병소는 냉큼 눈물을 훔쳤다. 보는 이도 없는데 괜스레 무안해져서 그날은 더이상 영상을 보 지 않았다.

　영상 디자인이라는 게 뭔지 이해도 관심도 없는 발주 처로부터 온 어처구니없는 아홉번의 수정 요청을 순순히 수행하고 마침내 납품을 완료한 뒤 길병소는 인터넷에서 욥에 대해 본격적으로 검색하기 시작했다. 난데없이 기독 교에 관심이 생겨서는 아니었다. 당연히 가톨릭에 대해서 도 마찬가지였다. 수십년을 보아온 신앙인의 표본이 하필 불교인과 기독교인이라 두 종교에 특히 더 반감을 가졌을 뿐 모든 종교인은 기본적으로 거기서 거기라고 생각했다.

　세상의 모든 것을 포괄하는 근원적 질서를 향한 열망 이 자신에게도 있었다는 사실을 길병소는 알게 되었다.

목사의 말에 눈물을 흘린 건 그 때문이었다. 하지만 그 질서란 정확히 무엇인지 알 수 없었다. 납득할 수도 없고 수용하기도 어려운 무질서한 세상이 갈수록 참기가 어렵긴 했다.

한쪽 측면만을 비추는 배타적 질서들의 냉혹한 격돌과 난잡한 교배.

길병소에게 세계는 그렇게 보였다. 냉소는 사람이 가질 수 있는 가장 비겁한 태도라고 여기면서도 끝도 없이 엉망으로 치달아가는 세계를 향해 자신이 할 수 있는 건 아무것도 없다는 무기력이 몰려오면 냉소만이 유일한 탈출구 역할을 했다. 자신과 무관한 사물처럼 세계를 차갑게 바라보며 비웃는 것이다.

언제는 안 그랬어? 세상은 맨날 이런 식으로 굴러왔잖아.

그러고 나면 자신이 한낱 무기력하고 허망한 하나의 개인에 불과하다는 생각을 잊을 수 있었다. 그렇게 세계를 자신으로부터 분리시킬 때 길병소가 가장 먼저 하는 일은 뉴스를 보지 않고 기사를 읽지 않는 것이었다. 물론 그런 노력은 언제나 오래가지 않았다. 영화감독이 꿈인 이상 세상을 모른 척하는 건 불가능했다. 아니, 인간으로 태어난 이상,이라고 해야 하나.

그건 그렇고, 세상의 모든 것을 포괄하는 근원적 질서의 주인이 따로 있다는 건 이상한 관념이었다. 이때 나는 주인이 아니므로 주인과 나는 서로에게 타자가 되는데 그렇다면 절대자는 더이상 절대자가 아니라 상대자가 되는 것 아닌가. 길병소가 종교에 대해 그런 생각을 해본 건 처음이었다. 물음이 생기자 원초적인 반감이 사그라들면서 호기심이 일었다. 절대자를 믿는다는 건 어떤 일인가. 그리고 절대자를 믿는 이들의 마음이란 어떤 것인가.

　그렇게 묻는 순간 그것을 주제로 다큐멘터리를 만들어야겠다는 생각이 들었다. 하지만 그것은 우연한 찰나의 영감에 불과했고 실제로 제작하려면 막연한 주제의식을 심화하고 구체화하는 과정이 필요했다. 그 과정에서 욥은 일종의 단초 역할을 했다. 어쨌거나 시작은 욥이었으니까.

　『욥기』는 무고한 자가 겪는 고통이라든가 신정론, 악의 문제 등 신앙의 길을 걷는 이들이 마주할 수밖에 없는 회의나 혼란과 관련하여 주요한 메시지를 담고 있어 오래전부터 기독교, 가톨릭, 유대교가 모두 주목하는 텍스트였다. 그러면서도 성서 중 특히 난해하고 심오한 책으로 꼽히는데 그런 만큼 다양한 해석과 논의를 불러일으켰고, 이는 종교 영역을 넘어 철학과 예술 분야에서도 이루어졌다. 종교인에게는 신의 섭리를 알려주는 책이었고, 예술가에게는 영감을 주는 문학 작품이었으며, 철학자에게는 깊은 사유를 자극하는 사상서였기 때문이었다.

길병소가 처음에 다큐멘터리의 제목을 「욥의 배신」으로 정한 건 욥이 자기 눈앞에 하나님이 세계의 질서를 관장하는 존재로서 현현했을 때 이를 순순히 받아들이며 자신의 반발과 의심을 회개하는 대신 이렇게 말했으면 좋겠다는 마음에서였다.

"세상을 창조하신 분이 당신이라고 해서 세상의 질서를 당신만이 관장하시는 것으로 받아들인다면 나는 세상의 질서에 아무런 책임이 없는 존재가 될 것입니다. 당신께서 나에게 주신 귀한 생명을 단지 나 자신을 그런 존재로만 여기는 것으로 소모한다는 건 도리어 큰 죄가 아닙니까? 당신의 피조물로서 나는 당신과 같이 세상을 이루는 모든 질서에 면면이 관여하겠습니다."

그러고는 꿇고 있던 무릎을 펴고 일어나 하나님으로부터 등을 돌려 자신의 길을 가는 욥을 상상했다. 물론 그런 장면과 대사를 직접적으로 다큐멘터리에 담을 수는 없었다. 그런 걸 구현하려면 영화를 찍어야 했다. 그것은 다만 길병소의 주제의식이었다. 그러한 주제의식은 다큐멘터리에 어떤 내용으로 표현될 수 있을까 길병소는 계속 고민했다.

욥에 관한 다종의 아카이브를 접하면서 길병소는 「욥
의 배신」이 적절하지 않은 제목이라는 생각이 들었다. 욥
은 그렇게 단순한 상징으로 파악되는 인물이 아니었고 그
런 점에서 그 제목은 너무나 일차원적이고 노골적이었다.

제목을 「무고」로 바꾼 건 페루의 사제이자 신학자가 쓴
『욥기: 무고한 자의 고난과 하나님의 말씀』이라는 책 때
문이었다. 국내에 번역 출간된 적이 있으나 절판된 지 오
래된 책이라 직접 읽지는 못했고 책 소개글이나 리뷰를
통해 내용을 접했다. 책을 직접 보면 다를 수 있겠으나 그
전에 검토한 자료들과 본질적으로 구별되는 새로운 관점
이 있는 것 같지는 않았다.

길병소의 관심을 끈 건 저자인 구스타보 구티에레스
(Gustavo Gutiérrez)였다. 라틴아메리카 해방신학의 대표
적인 성직자로 해방신학은 불공정하고 불공평한 사회, 정
치, 경제적 구조로부터 억압된 민중의 해방을 신학의 과
제로 보는 사조였다. 그는 서구 기독교 영성은 엘리트주
의와 개인주의로 축소됐으며, 예수 그리스도는 인간의 총
체적 해방을 완성하기 위해 세상에 오셨고, 인간의 고통
에 공감하지 못하는 신학은 인간을 모독하고 하나님의 뜻
을 왜곡한다고 주장했다.

구티에레스와 해방신학에 대한 자료를 좀더 찾아보면서 길병소는 「욥의 배신」을 버리고 「무고한 자를 위한 기도」로 제목을 바꾸었다. 기독교인을 바라보는 관점에 변화가 일면서 '절대자를 믿는다는 건 어떤 일인가, 그리고 절대자를 믿는 이들의 마음이란 어떤 것인가'라는 물음에 해답을 제시하는 다큐멘터리가 아니라 그 물음 자체를 탐구하는 다큐멘터리가 되어야 한다는 생각이 들어서였다. 이를테면 그 물음에 대해 기독교인들이 내놓는 다양한 대답을 담은 형식으로. 각각의 대답은 '무고한 자'란 누구이고 '무고한 자를 위한 기도'의 내용은 무엇인지와 연결될 터였다. 그런데 시간이 지나자 그 제목이 너무 무겁게 느껴졌다. 지나치게 엄숙하달까. '기도'라는 단어 때문에 그런 듯하여 다른 단어를 찾다 어떤 것도 착 붙는 느낌이 없어 그냥 다 자르고 심플하게 「무고」로 하기로 한 것이었다.

길병소가 욥 기도원에 간 것은 그즈음이었다. 욥에서 시작된 다큐멘터리이지만 제목도 바뀌었고 애초부터 욥이 중요한 것도 아니었는데 어디로 가서 누구를 만나야 하나를 고민하며 인터넷 검색을 하다 보니 그 이름에 다시 가닿을 수밖에 없었다.

5

 이년 만에 이영에게 연락했을 때도 길병소의 다큐멘터리는 완성되지 않은 상태였다. 계획했던 대로 시놉시스 영상을 만들긴 했지만 영화사 사람들의 평가는 최악이었다. 그렇게까지 나쁘지는 않다고, 유일하게 말해준 이는 그들 중 가장 인연이 깊은 선배였다. 그는 차라리 장편으로 기획해보라고 했다. 길병소가 필름에 담고 싶은 주제와 이야기는 단편으로는 구현할 수 없을 것 같다는 그의 말에 길병소는 전적으로 동감했다.

 길병소는 일년 넘는 기간 동안 오십여명의 기독교인을 인터뷰하고 성경을 완독하고 삼십여권의 관련 서적을 탐독했다. 그러면서 구성이 구체화되고 트리트먼트의 초고도 완성되었다. 다른 일은 안 하고 다큐멘터리에만 몰두했다면 시간이 훨씬 덜 걸렸을 테지만 그건 현실적으로 불가능했다. 생활비 때문에라도 영화사 일을 해야 했고 제작비 마련을 위해 때때로 부업까지 뛰어야 했다. 영화사 멤버들로부터 합격 도장을 받았다면 최소한의 제작비와 무상의 인력 지원을 받을 수 있었겠지만 이미 어그러진 가능성이었다. 설사 도움을 받는다 해도 그것은 어디까지나 단편 제작에만 국한된 조건이라 어차피 자비에 의존할 수밖에 없었다. 물론 영화사 외부의 자본을 끌어올 수 있다면 해결될 문제였지만 감독의 경력과 작품의 성격을 고려해볼 때 그 또한 쉽지 않을 거라는 것이 영화사 멤버들의 입장이었고 길병소도 같은 생각이었다. 다큐멘터리 제작 지원 사업을 알아보기도 했으나 영화 제작사가 아닌 개인 자격으로 응모할 수 있는 곳은 없었고 단체로 신청한다 해도 감독은 연출 경력이 있어야 했다.

그러던 와중에 코로나19가 세계를 잠식했다. 원래도 유지가 쉽지 않았던 영화사는 촬영도 상영도 힘들어지면서 사무실 월세조차 낼 수 없는 지경에 이르러 결국 문을 닫게 되었다. 프리랜서 스태프 일도 대폭 줄어 길병소는 배달 대행업체에 기사로 취직했다. 영화사보다 급여가 높았지만 그만큼 시간적 여유가 없어졌고 꼭 그런 이유가 아니라도 팬데믹 상황이 여러 방면으로 길을 막아 「무고」의 제작은 언제인지 모를 머나먼 미래로 밀려났다.

길병소는 우울증에 시달렸다. 자신보다 상황이 훨씬 더

안 좋은 사람들을 생각하면 속으로라도 않는 소리는 안 하고 싶었으나 괜찮은 척 애쓸수록 우울은 깊어졌다. 그런 상태로「무고」를 위해 그동안 모으고 정리해온 자료들을 들여다보고 있자니 죄다 쓰레기처럼 느껴졌다.

시놉시스 단계에서 최악의 평가를 받았을 때 미련 없이 접었어야 했다는 생각도 들었고, 그러자 계속해보라고 부채질했던 선배를 향해 분기가 치솟기까지 했다. 아니, 애초에 영화감독이라는 꿈이 나에게 가당키나 했나, 아니, 가당한 꿈이 되도록 목숨 걸고 노력을 하긴 했나, 아니, 애초에 충분히 노력할 수 있을 만한 돈도 시간도 없었던 게 문제가 아닌가, 아니, 그것도 내 탓이지, 아니, 내 탓이 아니라 부모 탓이야, 아니, 아니, 아니. 앞뒤 없는 그런 생각들의 무한 순환에 힘없이 끌려가고 있는 자신도 쓰레기 같았다.

어느 날 길병소는 휴대폰 알람 소리에 눈을 떴는데 머리가 어질하면서 시야가 거꾸로 뒤집히더니 빙글빙글 돌았다. 여기는 어디고 무슨 일이 일어난 건지 금방 파악되지 않았다. 꿈인가 싶었지만 조금 있으니 그건 아닌 것 같았다. 눈을 감아도 어지럼증은 멈추지 않았고 속이 울렁거리면서 구토가 솟구쳤다. 몸을 옆으로 돌려 그대로 속을 게웠다. 얼마 후 증상이 멈추었다.

한달간 같은 증상이 세번 반복되었다. 병원에 가니 이석증이라고 했다. 귓속에 평형감각을 유지시키는 작은 돌이 있다는 건 그때 처음 알았다. 돌이 어쩌다 본래 자리에서 떨어져 나오게 되는지 정확한 원인은 알 수 없다고 의사는 말했다. 외부 충격, 칼슘이나 마그네슘 부족, 바이러스 감염, 약물의 부작용, 스트레스 등이 이유가 될 수는 있다고 덧붙이긴 했다. 치료는 쉽지만 재발 역시 쉽다는 말도. 완치가 어렵다는 뜻이었다.

돌이 제자리로 돌아간 뒤 한동안은 멀쩡하더니 몇달 지나 다시금 증상이 나타났다. 척추 스트레칭을 하느라 고개를 들고 상체를 뒤로 기울였는데 천장이 덜컥 기울어지면서 그대로 바닥에 쓰러졌다. 한번은 스쿠터에서 내리려는 찰나 증상이 나타나는 바람에 스쿠터와 함께 고꾸라지면서 뒤에 실은 음식도 엉망이 되었다. 병원에서 다시 돌을 제자리로 돌려놓았으나 배달 일을 계속하는 건 위험했다. 도로에서 스쿠터를 몰다 증상이 나타나면 어쩔 것인가. 상상만 해도 두려웠다.

일을 그만둔 뒤 우울증은 더욱 깊어졌다. 길병소는 자신의 몸이 타물처럼 여겨졌고 그 안에 자신이 갇혀 있다는 느낌이 들었다. 코로나19로 인한 외적 격리에 몸의 반발로 인한 내적 격리가 더해진 완전한 고립감이었다.

계속 살아야 하나.

길병소는 생각했다. 그 생각이 멈추지 않았다.

계속해서 산다는 건 누구의 의지인가. 그 의지는 누구의 것인가. 계속해서 살고 싶지 않다는 건 누구의 의지인가. 그 의지는 누구의 것인가.

그런 생각들이 하염없이 이어지다 돌연 어디에선가 이런 목소리가 들렸다.

"너는 누구냐."

길병소는 대답했다.

"나는 길병소다."

둘 다 자신의 목소리 같기도 하고 자신의 목소리가 아닌 것 같기도 했다. 내가 미친 것인가, 길병소는 생각했다. 그 순간 기도를 하고 싶어졌다.

하지만 무엇에 대해 기도해야 할지, 누구를 향해 기도해야 할지, 기도는 어떻게 하는 건지 알 수 없었다. 그때 그 말이 떠올랐다.

"기도는 하는 게 아니라 일어나는 거라고, 저는 생각해요."

이년 전 읍 기도원에서 이영이 한 말이었다. 길병소가 기도에 대해 여러가지 질문을 던졌을 때 주춤주춤하다 나온 대답이었다.

그 말은 대체 무슨 뜻이었는지 길병소는 새삼 궁금해졌다. 「무고」를 위해 진행했던 기독교인들과의 인터뷰 녹취 파일을 꼼꼼히 들어보았다. 이영의 말의 뜻을 짐작할 만한 내용은 어디에도 없었다. 인터뷰 외에 모으고 정리한 모든 자료들을 다시 한번 훑어보았다. 마찬가지였다.

「무고」를 완성하려면 처음부터 새로 시작해야 한다는 마음이 들었다. 그러자 가슴이 다시금 두근거렸다. 당연히 이영을 만나는 것이 시작점이 되어야 했다.

6

길병소와 이영이 다섯번 만난 뒤 반년쯤 지나 길병소가 보낸 영상은 한시간짜리 영화였다. 아니, 이영이 보기에 영화 같았을 뿐 길병소는 그저 동영상이라고만 했다. 하지만 영상에는 제목도 있었고 일정한 서사성도 느껴졌다. 그렇다고 다큐멘터리라고 하기엔 주관적이고 정서적인 측면이 강해 보였다.

제목은 「기도」였고 줄거리는 다큐멘터리를 준비하는 감독이 한 여자를 취재하는 내용이었다. 그러니까 주인공은 길병소와 이영이었다. 두 사람이 함께 등장하는 장면은 없었다. 두 사람이 만났을 때 길병소는 이영만을 촬영했고 길병소만 나오는 장면은 프레임이 고정되어 있는 것으로 보아 직접 촬영한 것 같았다. 그리고 장면 곳곳에서 길병소의 목소리로 내레이션이 흘렀는데 3인칭 서술자라기보다는 등장인물로서의 1인칭 독백처럼 들렸다.

다섯번 만나는 동안 이영이 촬영을 허락한 건 다큐멘터리에 쓰지 않겠다는 약속을 받아서였다. 길병소는 기초 자료로만 쓸 뿐 영상을 어디에도 공개하지 않을 것이며 누구와도 공유하지 않겠다는 각서까지 작성했다.

인터뷰는 때에 따라 짧게는 한시간, 길게는 두시간 넘게 진행되었고 촬영은 길병소가 십여년 전 샀다는 구형 디지털 카메라로 했다. 인터뷰 장소는 숨 요가원이었다.

나로서는 짐작도 못한 일이었다. 그즈음 이영이 주말에 일이 있어 서울에 나왔다며 요가원에서 쉬고 가도 되겠느냐고 몇번 묻긴 했다. 주말에는 수업이 없어 나는 요가원에 나가지 않았고 서울에 나온 김에 나도 보고 집에서 쉬고 가라고 했으나 이영은 미안하지만 혼자 조용히 있고 싶다고 했다. 요가원에 배어 있는 은은한 향냄새도 좋고 공간도 넓어서 고요히 쉬기엔 더없이 적합하다나 뭐라나.

인터뷰를 통해 이영은 많은 이야기를 하게 되었다. 그 중에는 누구에게도 해본 적 없는 이야기들도 있었다. 아무도 묻지 않은 이야기라서 말하지 않았을 뿐이라고 생각했는데, 나중에 길병소가 보낸 영상을 보며 실은 애초에 누구에게도 말하고 싶지 않았던 이야기였음을 알게 되었다. 하지만 그런 이야기를 왜 하필 길병소에게 말하게 되었는지는 정확히 알 수 없었다.

당시 길병소는 진심으로 절실해 보였고 그런 사람이 답변을 청하기에 진심을 다해 말하다 보니 그 이야기들에까지 가닿게 되었다는 생각을 하긴 했다. 욥 기도원에서도 그랬던 것 같았다. 물론 그땐 말을 많이 아끼긴 했다. 기도원의 간사로서 허튼소리를 하면 안 된다는 생각이 가득해서였다.

기도는 하는 게 아니라 일어나는 거라는 말을 했다는 건 기억나지 않았다. 하지만 그 말이 영판 낯설게 느껴지진 않았다.

"평소에 비슷한 생각을 하긴 했었나보죠?"

길병소가 물었다.

"아뇨, 꼭 그런 건 아니지만……"

어디에서 비롯된 말이었는지 알 것 같았다.

오래전 한 친구가 책상 앞에 앉아 두 손을 맞잡은 채 겹쳐진 엄지에 이마를 대고 가만히 눈 감고 있는 모습을 본 적이 있었다. 중학교 2학년 때였고 점심시간이었다. 짝꿍이었던 그 친구는 밥도 먹지 않은 채 점심시간 내내 그렇게 있었다. 이영은 어쩐지 건드리면 안 될 것 같아 다른 자리로 이동해 다른 친구들과 밥을 먹었다.

"아까 뭐 한 거야?"

하굣길에 이영이 친구에게 물었다.

"언제?"

"점심시간에."

"아."

친구는 잠깐 머뭇거리다 말을 이었다.

"글쎄…… 나도 잘 모르겠어. 그냥 그렇게 있고 싶었던 것 같아."

"존 건 아니고?"

"응."

이영도 잠깐 머뭇거리다 말했다.

"사실 내가 보기엔…… 기도하는 것처럼 보였어."

친구는 픽 웃었다.

"그래?"

"아니야?"

"글쎄……"

친구는 얼굴에서 웃음기를 거두고 생각에 잠겨 있다 말을 이었다.

"어쩌면 그랬을지도 모르겠다."

"뭘 기도했는데?"

친구는 고개를 갸웃했다.

"뭘 기도한다는 게…… 맞는 표현이야?"

"아닌가?"

이영은 곰곰 궁리하다 다시 말했다.

"무엇에 대해 기도했냐고 해야 하나? 아니면 무엇을 위해?"

친구가 다시 픽 웃었다.

"뭘 또 그렇게 진지해. 나도 잘 몰라. 기도를 해본 적이 있어야 알지."

"기도했다면서."

"그게 기도였던 것 같았다고 했지."

"아."

이영은 고개를 끄덕였지만 친구의 말이 잘 이해되지 않았다.

"아무튼 기도의 내용이 뭐였는데?"

"기도의 내용? 기도의 내용이라…… 그런 건 없었는데."

이번엔 이영이 고개를 갸웃했다.

"그러면 기도라고 할 수 없는 거 아냐?"

"그래?"

"아니. 나도 잘 몰라. 너는 왜 네가 기도를 했다고 생각했는데?"

친구는 다시 머뭇거리다 말했다.

"신을 떠올리긴 했거든."

"신? 어떤 신? 하나님? 예수님? 부처님? 설마 귀신?"

친구가 웃음을 뿜었다.

"내 말이 웃겨?"

"응."

"진짜 궁금해서 물어본 건데."

친구는 계속 웃었다. 이영은 약간 마음이 상해 투덜거리듯 말했다.

"그래서. 어떤 신이었는데."

"어떤 신이라기보다는…… 그냥 신."

"신을 왜 떠올렸는데?"

"나도 잘 모르겠어. 그냥…… 연결되고 싶었던 것 같아."

"신하고?"

"응."

"왜?"

"몰라. 그냥 그 순간에 그랬어."

"아무튼 그래서 기도를 한 거라고?"

친구는 또 고개를 갸웃했다.

"한 거라기보다는…… 뭐랄까…… 일어났다고 해야 하나? 그게 정말로 기도가 맞다면."

읍 기도원에서 길병소가 기도에 대해 묻기 전까지 이

영은 사실 기도가 무엇인지 따로 생각해본 적이 없었다. 교회를 다니기 시작하고 예배를 보게 되면서 자연스레 기도를 하게 되었고 하게 되니 그것이 무엇인지 고민할 필요가 없었다. 길병소의 물음에 자신이 그런 답을 한 일이 기억나지 않는 걸 보면 뭐라도 말해야 할 것 같아서 순간 떠오른 생각을 뱉었을 뿐 오래전 그 친구와 나눈 대화를 돌이켜본 건 아님이 분명했다. 그날의 대화를 의식했다면, 정확히는 그 친구를 떠올렸다면, 자신이 그 친구와 나눈 대화에서 비롯된 것이 분명한 답을 했다는 사실을 기억하지 못할 리가 없었다. 물론 친구와 나눈 그날의 대화를 잊은 건 아니었다. 그 친구에 관한 것은 아무것도 잊지 않았다.

어쨌거나 길병소는 그 이야기를 무척 마음에 들어 했다. 그 친구에 대해 더 알고 싶어 했다.

*

친구의 이름은 서승아였다. 중학교 2학년 때 같은 반에서 만나 졸업 때까지 단짝으로 지냈다. 처음엔 우연히 짝꿍이 되어 친해지게 되었는데 사는 동네가 같아 등하교 때 같은 버스를 타기까지 하여 더욱 가까워졌다. 그렇더라도 성격이 맞지 않거나 별다른 감정이 생기지 않았다면 단짝까지 되지는 않았을 터였다.

승아는 겉으로는 평범하고 무난해 보였지만 이야기를 나눌수록 한계가 보이지 않을 만큼 속내가 깊은 아이라고, 이영은 느꼈다. 그 아이에겐 무엇 하나 그냥 하는 게 없는 것 같았다. 행동도, 말도, 생각도. 그 아이가 하는 모든 것에는 이유가 있었고 그만큼 모든 것에 대해 숙고하는 사람이었다. 하지만 왜 그런 행동을 하는지, 왜 그런 말을 하는지, 왜 그런 생각을 하는지 물으면 승아는 언제나 이렇게 대답했다.

"그냥. 별 이유 없어."

처음엔 정말로 그런 줄 알았는데 친해질수록 그건 그냥 하는 말이라는 걸 이영은 알게 되었다. 한마디로 대답하기 어려울 때, 그리고 그에 대한 모든 내용을 말하고 싶지 않을 때 승아가 그렇게 말한다는 것도.

이영은 승아가 좋았다. 왜 좋은지는 알 수 없었다. 승아에게 이런 말을 하긴 했다.

"너랑 있으면 내가 전에는 한번도 생각해보지 않은 생각을 하게 되는 것 같아."

"내가 그렇게 이상한 생각을 많이 해?"

"응. 완전."

승아가 자신을 왜 좋아했는지도 알 수 없었다. 승아는 이영에게 이런 말을 하긴 했다.

"너랑 있을 때 내가 제일 많이 웃는 것 같아."

"내가 그렇게 웃겨?"

"응. 완전."

고등학교에 입학하면서 두 사람은 멀어졌다. 서로 다른 학교에 가긴 했지만 그래도 연락은 얼마든지 할 수 있었고 여전히 한동네에 살고 있었으니 얼마든지 오다가다 만날 수도 있었는데 점차 그러지 않게 되었다.

이영은 인문계 고등학교에 갔고 승아는 상업고등학교에 갔다. 처음 친해졌을 때부터 승아는 이미 상업고에 갈 거라고 말했었다. 직업계고는 보통 인문계고에 갈 성적이 안 되는 아이들이 간다고 여겼던 이영은 대체로 중위권의 성적을 유지하는 승아가 왜 그런 결정을 내렸는지 금방 이해되지 않았다.

"좋은 대학, 좋은 과에 못 갈 거면 괜히 어정쩡한 대학에서 사년을 허비하느니 상고 나와서 은행이나 공기업 같은 곳에 일찌감치 취직하는 편이 훨씬 비전 있어 보여."

승아의 언니가 중위권 대학의 비인기 학과를 졸업해 작은 무역회사에 간신히 들어갔는데 그나마도 비정규직이며 집안의 빚과 학자금 대출을 갚느라 허덕인다는 말을 이영은 나중에 들었다.

그래도 고등학교 1학년 때까지는 어느 정도 교류가 지속되었다. 날이 갈수록 만남과 연락의 횟수가 줄어들었다. 승아는 자격증 시험 준비를 시작했고 이영은 학교의 보충수업과 학원 수업을 들어야 했다. 휴일에 가끔 만나 서로의 생활과 고민을 주고받고 나면 전에는 느끼지 못했던 뭔지 모를 어색한 기운이 감돌았다. 승아는 직업, 연봉, 고용정책 등에 대해, 이영은 가족에 대한 불만, 친구와의 갈등, 입시와 진로 등에 대해 대화하고 싶어 했다. 서로의 이야기에 관심이 없는 것은 아니었으나 피차 덧붙일 말이 많지 않았다. 그나마 둘의 공통 관심사는 시험이었는데 각자의 설명을 듣기만 할 뿐 대화를 계속 이어나갈 만한 연결점이 없기는 마찬가지였다. 차라리 그렇게 시작된 관계의 변질에 대해 이야기를 나누었더라면 좋았겠지만 그런 생각이 들었을 때는 이미 둘의 사이가 눈에 띄게 소원해진 뒤였다.

그것은 자연스러운 일이었을까.

이영은 나중에 그렇게 생각했다. 목적이 다른 고등학교에 갔다고 해서 아예 다른 세계에 속하게 된 것처럼 서로에게 이질감을 갖게 되는 것이 정말로 당연하고 자연스러운 일일까.

승아도 비슷한 생각을 했던 것 같았다.

중학교에 가지 못한 초등학교 친구들은 어디에서 무얼 할까. 고등학교에 가지 못한 중학교 친구들은 어디에서 무얼 할까. 그 친구들이 어디에서 어떻게 살아가고 있는지 왜 상상조차 되지 않을까. 마치 세상에 존재하지 않는 사람들처럼.

승아는 일기장에 그렇게 썼다. 일기장은 승아가 죽은 뒤 승아의 언니가 이영에게 전해주었다. 승아의 언니가 일기장을 이영에게 준 것은 일기장의 마지막 장에 이런 글이 쓰여 있어서였다.

이영이 보고 싶다. 나를 있는 그대로 이해해주고 좋아해준 유일한 사람. 연락을 해볼까. 하지만 이제 와서 어떻게. 이미 다른 세상에 살고 있을 텐데.

그 글을 쓰고 이주일 뒤 승아는 죽었다. 고등학교 3학년 2학기 때였다. 2학년 때까지는 그나마 몇달에 한번씩 만나거나 휴대폰 메시지를 주고받았는데 3학년 때는 아예 연락이 끊겼다.

이영이 승아를 잊은 건 아니었다. 이영에게도 승아는 자신을 있는 그대로 이해해주고 좋아해준 유일한 사람이었다. 하지만 승아를 생각하면 뭔지 모를 미안함과 서운함이 한데 섞여 일어났고 그렇게 얽히고 쌓인 마음을 어디서부터 어떻게 풀어야 할지 모르겠어서 아무것도 안 한 채 지나가는 시간을 내버려두었다.

승아의 사인은 사고사였다. 3학년 2학기 때 나가야 하는 현장실습에서였다. 승아가 현장실습을 나간 곳은 모 대기업의 자동차 부품을 생산하는 하청업체였다. 그곳에서 승아는 부품 조립 일을 했다. 전공과 무관한 곳에서 실습을 하는 건 특이한 경우가 아니었다. 직업계 학교의 많은 학생들이 그랬다.

그날 승아는 야간 근무 중이었다. 법적으로 현장실습생은 야간 근무가 금지되어 있었지만 승아는 그런 법이 있다는 것도 알지 못했다. 해야 한다기에 그냥 했다.

오후부터 서서히 흩날리기 시작하던 눈이 밤이 되면서 엄청나게 몸을 불려 무서운 속도로 쏟아져 내렸다. 이날 밤 폭설이 예상된다는 일기예보는 전날부터 방송된 터였다. 야간 근무는 열한시까지였고 열시 조금 넘은 시각에 공장의 지붕이 내려앉았다. 조립식 패널 지붕이 눈의 무

게를 못 견딘 것이었다. 이 사고로 두명이 사망하고 다섯
명이 크게 다쳤다. 사망자 중 한명이 승아였다.

7

"불운한 사고구나."

승아의 죽음에 대해 루카는 그렇게 말했다.

이상한 말이라고, 이영은 생각했다. 그것이 운의 문제였나.

달리 부를 말이 없긴 했다. 승아의 죽음을 어떤 죽음이라고 말할 수 있을지 이영은 알 수 없었다. 그때도 지금도. 하지만 최소한 불운의 결과라고 할 수는 없었다. 그것은 분명했다.

그렇게 생각한다고 하자 루카는 고개를 갸웃했다. 알고 보니 번역 앱이 실수한 것이었다. 루카는 유감스럽다 혹은 안타깝다는 의미로 쓴 단어였다면서 아예 단어를 바꾸어 다시 말했다.

"애석한 사고구나."

루카는 스위스의 직업학교와는 환경이나 조건이 많이

다른 것 같다면서 그때가 언제였느냐고 물었다.

"거의 이십년 전이에요."

루카는 천천히 고개를 끄덕인 뒤 십년 전 한국의 대통령이 자신이 재직한 직업학교에 왔던 일을 들려주었다. 백년의 역사를 가진 그곳은 학교와 기업이 긴밀하게 연결된 도제식 교육 시스템이 정부의 주도하에 탄탄히 구축되어 있었고 유럽의 몇몇 나라는 그곳을 직업학교의 모델로 삼기도 했다. 한국의 대통령도 그런 이유로 그곳을 방문했다는 사실은 이영도 알고 있었다. 승아가 죽은 뒤 이영은 승아의 사고가 어떻게 일어난 일인지 알고 싶어 직업계고에 대해 많은 것을 알아보았었다. 그러고 나자 이후로도 그곳과 관련한 일들에 관심을 갖지 않을 수 없었다.

"그녀는 우리의 교육 시스템을 한국에 도입해 나라의 미래가 될 아이들을 훌륭한 장인으로 키우고 싶다고 했어. 굉장히 의욕적으로 보였지. 그래서 어떻게 됐지? 뭔가 달라졌니?"

"당신의 학교를 본뜬 도제학교가 생겼어요."

"오, 그래? 언제?"

"2015년에요."

루카는 깜짝 놀랐다.

"일년 만에 그런 성과를 냈다고?"

이영은 고개를 끄덕이려다 말았다. 정부의 정책으로 일부 특성화 고등학교가 스위스형 교육 모델을 도입하긴 했다. 그러니까 산업체와 학교가 사전에 채용 약정을 맺고 교육 과정을 공동 개발하여 그 과정을 이수한 학생들의 취업을 보장하게 되어 있었다. 이름도 산학일체형 도제학교로 바꾸었다. 이전의 현장실습은 명목상 교육 과정에 속하지만 사실상 노동력 착취의 수단으로 악용되기 일쑤였던 반면 도제학교는 실질적이고 체계적인 내용으로 실습교육과 현장교육을 따로 진행해야 했고, 여기에 참여할 수 있는 기업의 조건도 대폭 엄밀해졌다.

"하지만 그런 점들이 제대로 적용되기엔 현실적으로 문제가 많았어요. 바꿔야 할 것들이 너무 많은 제도였으니까요. 사회 전반적으로 말이에요. 결국 현장실습을 고등학교 3학년이 아니라 2학년 때부터 나간다는 것 말고 이전의 직업학교와 특별히 다른 점을 찾기 어렵게 됐죠. 여전히 전공과 무관한 실습을 하는 아이들이 많았고 산업재해로 죽거나 다치는 아이들이 있었어요. 현실을 바꾸는 건 보기 좋은 모델을 덧입히는 것만으로는 할 수 있는 일이 아니라는 게 증명된 셈이에요."

루카는 무슨 말인지 알겠다는 듯 천천히 고개를 끄덕였다.

"너희 대통령의 호언과는 달리 금방 적용되기는 어려운 점이 많을 거라고, 우리끼리는 말했었어. 스위스에서는 중학교 졸업생의 칠십 퍼센트가 직업학교에 진학해. 당연히 학교에서 배운 자기 전공 분야로 직업을 얻게 되고. 직업학교 졸업생 대부분은 학교와 연계를 맺은 회사에 정규직으로 채용되지. 물론 고학력 전문직은 보통의 직장인보다 임금이 높아. 그만큼 더 어려운 공부를 했으니 당연하지. 그걸 차별이라고 생각하는 사람은 없어. 기본적으로 대학교 졸업자와 직업학교 졸업자의 임금이 그렇게 크게 차이가 나지는 않으니까. 그런데 우리도 하루아침에 이렇게 된 건 아니야. 네 말대로 하나의 제도가 뿌리를 내리는 데는 사회 전체가 공력을 들여야 하는 법이니까. 모든 것이 함께 변해야 돼."

이영도 무슨 말인지 알겠다는 듯 천천히 고개를 끄덕였다.

"한국의 직업학교도 역사가 짧은 건 아니에요. 산학일체형 도제학교는 그전에 특성화 고등학교로, 또 그전에는 전문계 고등학교로, 또 그전에는 실업계 고등학교로, 또 그전에는 직업계 고등학교로 불렸어요. 직업계 고등학교가 본격적으로 육성되기 시작한 건 1970년대였고요. 당시 정부가 경제 발전을 위해 산업을 재편성하면서 어느 정도

기술력을 갖춘 노동자가 필요해졌거든요."

"그러네. 오십년이면 짧다고 할 수 없지. 그런데도 여전히 다치거나 죽는 아이들이 있다는 건……"

루카는 말을 맺지 못했고 이영도 달리 덧붙일 말이 없었다. 긴 침묵이 이어졌다.

"한국인은 이름 바꾸는 걸 좋아하니?"

루카의 말에 이영은 피식 웃었다.

"잘 모르겠어요. 스위스는 어떤데요?"

"나도 잘 모르겠네. 그런 식으로는 생각해본 적 없지만…… 적어도 내가 일했던 학교는 백년 넘게 같은 이름이긴 해. 베른 상공업 직업학교."

확실히 그 이름보다는 특성화고나 도제학교가 더 그럴듯하게 들렸다. 이영은 입에서 쓴맛이 느껴졌다.

승아는 어땠을까. 그 이름들을 좋아했을까. 그것에 대해 승아와 나는 어떤 대화를 나누었을까. 그렇게 이영은 승아가 영영 알 수 없을 무수한 현재들에 끊임없이 승아를 불러다 놓는 일을 멈추지 않았다.

두 사람은 아드리아해로 시선을 옮겼다. 몬테네그로에 오기 전 들렀던 보스니아-헤르체고비나의 네움과 크로아티아 두브로브니크에서도 보았지만 코토르만에 흘러든 아드리아해는 빛과 움직임이 유독 오묘하고 그윽했다. 날씨와 지형, 흙의 성질 같은 것들 때문임을 알면서도 이영은 하나의 바다가 장소에 따라 전혀 다른 색과 모양을 띤다는 사실이 새삼 신묘한 섭리처럼 여겨졌다.

"같은 바다인데도 이탈리아 쪽에서 보면 완전히 또 달라."

루카가 말했다.

"이탈리아는 발칸의 연안처럼 굴곡이 심하지 않고 해안선이 단조로워서 대개는 훨씬 더 광활해 보이지."

어쩌면 애초에 같은 바다가 아닐지도 모른다고, 이영은 생각했다. 하지만 바다가 애초부터 다른 바다일 수 있나. 단지 이름을 붙인 순간 그 이름이 한정한 구역이 하나의 정체성을 가지고 있는 것처럼 여기게 된 것일지도 몰랐다. 그렇다면 이름이 다르다고 해서 애초에 다른 바다인 건 아닐 수도 있었다. 이름이 같다고 해서 같은 바다가 아닐 수도 있듯. 결국 바다에 이름을 붙이는 건 가당치 않은 일이 아닌가. 하나로 연결된 육지를 수백개의 이름으로 나누어 부르는 것 역시. 그렇게 생각하자 전 인류가 헛짓을 하고 있는 것 같다고 이영은 말했다.

루카는 재미있다는 듯 빙그레 웃었다.

"아드리아해가 한때는 베네치아만이라고 불렸다는 걸

알고 있니?"

"아뇨."

"중세와 르네상스 시대엔 그랬단다. 당시 베네치아는 해상무역으로 막대한 부를 축적한 강력한 도시국가였어. 발칸 연안의 많은 도시국가들이 베네치아 공화국의 식민지였지. 이곳 몬테네그로도 그중 하나고. 그러니까…… 이름은 그냥 붙여지는 게 아니야. 하나의 이름에 얽힌 사연을 알아보자면 수백년의 시간이 딸려 올 때가 많지. 바다는 그냥 바다일 수 없어. 육지가 그냥 육지일 수 없듯이. 경계란 일시적 환각일 뿐 원래는 모두 하나였다는 말은 딱히 틀린 말이라고는 할 수 없고 어떤 면에서는 아름답게도 들리지만, 사실상 아무것도 말해주지 않는 말이기도 해. 바다에 대해서도 육지에 대해서도 경계에 대해서도. 그렇지만…… 자연의 입장에서 보면 인간의 명명이 모두 헛짓이긴 할 거야. 물론 인간의 입장에서 봐도 진짜로 헛짓이기만 한 명명이 있기도 하지만."

루카는 말끝에 개운한 웃음을 터뜨렸다. 그 웃음소리가 코토르의 아드리아해와 잘 어울린다고, 이영은 생각했다.

*

    이영이 루카에게 승아의 이야기를 하게 된 것은 루카가 책에 쓴 그 문장 때문이었다.

나는 살아 있는 사람이 아니라 살아남은 사람이다.

    정확히는 자신이 루카의 책을 완독하고 독후감을 썼다면 그 문장에 대해 썼을 거라고, 그러니까 자신이 쓴 그 독후감은 사실 책을 다 읽지 않은 채 쓴 거라고 고백하면서 시작된 대화 때문이었다. 이영은 루카에게 사과를 하고 싶었고 완독한 뒤의 새로운 감상을 전해주고 싶었다. 물론 그 새로운 감상이란 사라예보에 가보고서야 선명해진 것이지만.

    이영은 책을 읽을 때도 유독 그 문장에 시선이 오래 머물긴 했다. 살아 있는 것과 살아남은 것은 어떻게 다른가 생각했다. 알 듯도 모를 듯도 했다. 자신의 경험에 비추어보았다. 살아 있다는 건 특별히 의식할 필요도 없이 즉각적으로 체감되었지만 살아남았다는 감각은 기억에서 찾을 수 없었다. 죽을 수도 있었으나 가까스로 목숨을 건진 사례는 타인의 경험이나 창작물로만 접했을 뿐이었다. 이를테면 전쟁이라든가 자연재해라든가, 그외의 각종 사고들에서 살아남은 사람들의 이야기. 생사가 갈린 순간을 겪고 살아남은 이들의 심정에 감정 이입을 할 수는 있어도 그것은 어디까지나 제삼자이자 관찰자로서일 뿐 이영은 당사자가 된 적이 한번도 없었다.

삶의 풍경에 버젓이 속해 있는 거대한 공동묘지를 마주했을 때 이영의 의식에 변성이 일어났다. 생소한 시각적 경험이 기억에 의존하는 사고 체계를 뒤엎은 것이었다. 이영은 자신이 살아남은 사람이라는 걸 즉각적으로 알 수 있었다. 그때 그곳에 있었기 때문이 아니라 그때 그곳에 없었기 때문에 살아남은 것이었다. 그렇다면 자신역시 당사자였고 그때 그곳에서 일어난 일의 관련자였다. 그때 그곳에 있었기 때문에 죽거나 살아남은 자들과 이영은 그렇게 연결되어 있었다.

비단 사라예보만을 향한 인식은 아니었다. 죽음을 부르는 재난은 언제든 어디서든 일어날 수 있으니까. 이영은 한국에서 일어났던 무수한 참사들을 떠올렸다. 그리고 승아의 죽음도. 무엇보다 승아의 죽음을.

그 모든 일들의 생존자인 이영에게 그 모든 일들은 자신에게도 얼마든지 언제든지 일어날 수 있는 사고였다는 걸 이영은 분명히 알 수 있었다.

신기한 경험이었다고, 이영은 루카에게 말했다. 그런 식으로는 한번도 생각해본 적 없을뿐더러 이전까지는 의식에 존재하지도 않았던 사라예보라는 낯선 도시에서 그런 마음이 들게 될 줄은 상상도 못했다고. 루카는 생긋 웃으며 말했다.

"어쩌면 연결이란 그렇게 발생되는 것인지도 모르지."

그것은 이영이 독후감에 쓴 말이었다. 이영은 루카가 자신의 독후감을 읽었다는 사실에 깜짝 놀랐다. 정확히는 부끄러웠는데 루카는 그 문장에 큰 감명을 받았다고 했다. 특히 '발생된다'는 표현이 좋았다고.

"'연결'에 '발생된다'는 단어를 붙이니까 연결이라는 게 자연히 일어나는 일 같기도 하고 의도를 품고 일으키는 일 같기도 했어. 그래서 생각했지. 연결의 범위는 어디까지 확장될 수 있을까. 아니, 확장할 수 있을까라고 해야 하나? 여하튼 너는 내 책을 읽고 그런 문장을 썼다고 했지만 나는 그 책을 쓸 때 그런 생각까지 하지는 않았거든. 그러니까 내 책을 다 읽고 쓴 독후감이든 일부만 읽고 쓴 독후감이든 그건 중요하지 않아."

루카의 말에 이영은 어쩐지 길병소의 연인에게 보낼 이메일을 어떻게 써야 할지 알 것 같았다.

하루 전 포드고리차에서 여자와 문자메시지를 주고받

앉을 때만 해도 그리 어려운 일이 될 거라고는 예상치 못했지만 막상 이메일을 쓰려고 보니 마음이 조마조마했다. 여자가 이영의 존재를 몰랐다는 건 길병소가 이영과의 인연에 대해 여자에게 말하고 싶지 않았거나 굳이 말할 필요가 없었다는 뜻인데 그렇다면 이영의 진술은 길병소가 지어놓은 경계를 일방적으로 넘는 일이 될 거라는 데 생각이 미쳤다. 어쩌면 길병소가 이영에게 들려준 자기 이야기에는 연인에게 드러내고 싶지 않았던 그의 속내가 담겨 있었을지도 모르고, 더욱이 이영이 전달할 길병소와의 사연은 전적으로 이영의 주관적 기억에 의존할 것이므로 왜곡을 피할 길이 없을 터였다. 결국 포드고리차에서는 이메일을 쓰지 못한 채 코토르로 왔고 간밤에 다시금 시도했지만 역시나 한줄도 쓰지 못했다.

루카의 말을 곱씹으며 이영은 자신의 진술이 길병소와 길병소의 연인에게 어떤 일이 될지는 그들의 몫이라는 생각이 들었다. 어쩌면 그 또한 연결의 발생일 수도 있었다. 그것이 여자에게 좋은 일이 될지 나쁜 일이 될지는 역시 여자의 몫이었고 이영은 그저 자신의 이야기를 하면 될 것이었다. 자신이 기억하고 있는 길병소에 대해, 자신과 길병소가 나눈 이야기에 대해, 그리고 길병소가 자신에게 어떤 사람이었는지에 대해.

8

　승아가 죽은 뒤 이영은 교회를 다니기 시작했다. 그전까지는 한번도 생각해본 적 없는 일이었다. 가족들 중 누구도 종교에 귀의한 적 없었고 누구로부터도 신앙을 권유받은 적 없었다. 물론 승아 역시 종교인이 아니었다. 그럼 어떤 마음으로 갑자기 기독교인이 된 거냐고, 길병소가 물었다.

　"그냥…… 기도를 하고 싶었던 것 같아요. 승아가 죽기 전엔 안 그랬는데 승아가 죽은 뒤에는 승아를 떠올릴 때마다 몸이 그렇게 되더라고요."

　"몸?"

　"양손을 깍지 끼고 겹쳐져 있는 두 엄지손가락 위에 이마를 댄 채 눈을 감고 가만히 있는 거요. 승아가 그랬던 것처럼요. 하지만 승아처럼 신을 떠올리지는 않았어요. 신과 연결되고 싶다고 했던 승아를 떠올리긴 했죠. 그러

고 있으니까 신과 연결되고 싶다는 마음은 뭘까 궁금해지
더라고요. 그래서 교회에 가게 됐어요."

"왜 교회였어요?"

"기도를 그런 자세로 하는 곳은 교회잖아요."

"성당도 있잖아요."

"아. 눈에 먼저 보인 게 교회였어요."

"그럼…… 승아씨가 만약 기도를 절로 했다면 이영씨
는 불교인이 되셨을지도 모르겠네요."

길병소는 진지하게 말했지만 이영은 웃음을 터뜨렸다.

"불교인이 되는 편이 나았을까요? 물 맑고 공기 좋은
산사에 가서 절하는 게 건강에는 더 좋았을 테니까요."

길병소도 웃음을 터뜨렸다.

"지금은 왜 교회를 안 다녀요? 이젠 기독교인이 아닌
가요?"

"아뇨. 저는 지금도 기독교인이에요. 이젠 교회에 가지
않지만 여전히 매일 하나님께 아침저녁으로 기도를 올
려요."

"뭐라고 올려요?"

"뭐라고는 안 하고 그냥…… 하나님을 떠올려요."

"형상을요?"

"하나님을 본 적이 없는데 형상을 어떻게 떠올려요."

"그럼요?"

"그냥…… 불러요."

"불러요?"

"하나님, 하고 속으로 두세번 불러요. 그게 다예요."

    이영은 욥 기도원과 그곳을 운영하던 교회에 발길을 끊으면서 아예 교회를 가지 않게 되었다. 교회 자체가 싫어진 것은 아니었다. 그곳 말고도 교회는 넘쳐났고 그중엔 진심으로 하나님께 마음을 바치는 곳도 많을 것이었다. 다만 이영은 조금 쉬고 싶었다. 비단 교회를 향한 마음만은 아니었다. 일터를 향한 마음이기도 했다. 아니, 어쩌면 세상의 모든 일들에 대한 마음이었을까. 새로운 장소에서 새로운 사람들을 만나 새로운 일들을 겪는 것도 피곤하고, 결국엔 어떤 곳도 어떤 이도 어떤 일도 더는 새롭지 않다는 걸 또다시 마주할 뿐인 무의미한 반복도 피곤했다.

    기도원과 교회에 발길을 끊은 건 코로나19 팬데믹이 절정에 이르렀을 때였다. 사회적 거리두기 정책 때문도 아니었고, 질병의 확산을 막기 위해 교회가 알아서 모든 집회를 일체 금지한 것도 아니었으며, 이영이 자신의 건강을 염려하거나 숙주가 되지 않고자 조심하느라 그런 것도 아니었다.

사회적 거리두기가 강화되면서 욥 기도원의 운영위원 회의가 수시로 열렸다. 운영위원인 기도원장, 사무장, 전도사, 이영 외에 교회 목사가 참여하는 경우도 많았다. 회의의 내용은 기도원 운영을 어떻게 할 것인가였다. 이때 '어떻게'라는 건 사회적 거리두기 정책의 변경에 따른 인원 제한 조정이라든가 방역 대책에 관한 것이라기보다는 인원은 줄어들고 방역 비용만 늘면 수지타산이 맞지 않게 되는 문제를 해결하기 위한 것이었다. 그러니까 애초에 기도원을 만든 것도 교회의 헌금만으로는 교회 운영이 빠듯해서였는데 이럴 바엔 기도원을 닫거나 소수의 신청자만으로도 수익이 날 수 있도록 기도회 참가비를 대폭 올려야 하지 않겠느냐는 것이었다.

목사와 운영위원들은 후자 쪽을 더욱 고려했고 그렇다면 참가비를 얼마나 올려야 할지, 사람들로 하여금 비싸진 참가비를 아무 거리낌 없이 내고 참여할 수 있게 하려면 어떤 내용의 기도회를 새로이 기획해야 할지 등이 문제가 되었다. 아무래도 코로나와 관련된 기도회가 효과적일 거라는 것이 중론이었다.

여러번의 회의가 진행되는 동안 이영은 한마디 의견도 내지 않았다. 딱히 할 말이 없었다. 기도원장의 입에서 나온 수지타산이라는 말을 속으로 되뇌고 있었을 뿐이다.

자연스러운 말 같기도 자연스럽지 않은 말 같기도 했다. 기도원 운영이 어려우면 기도원을 닫으면 되고 그래서 교회의 운영이 어려우면 교회를 닫으면 되는 거 아닌가, 얼핏 생각했다. 그렇다고 하나님을 만나는 길이 닫히는 것도 아닌데. 기도를 교회나 기도원에서만 할 수 있는 것도 아니고. 다행히 누구도 이영의 의견을 묻지 않았다. 홍보 문구를 잘 뽑아야 한다고 기도원장이 지시하긴 했다.

전도사가 이영을 따로 불렀다.

"도간사는 어떻게 했으면 좋겠어요?"

"뭘요?"

"기도원의 운영을요."

이영이 머뭇거리자 전도사가 짐짓 푸근한 미소를 지으며 말을 이었다.

"도간사는 무슨 생각을 하는 건지 잘 모르겠을 때가 많아요. 아니…… 그냥 아무 생각이 없는 건가?"

미소는 금세 차가워졌다. 이영은 묵묵히 전도사를 바라보았다. 응시의 시간이 길어지자 전도사의 얼굴이 점차 굳었다.

"할 말 있으면 해요. 그렇게 노려보지만 말고."

"기도원을 그만두겠습니다."

그 말이 튀어나올 줄은 이영 자신도 예상하지 못했다.

이영은 그렇게 충동적으로 뭔가를 냅다 결정하는 사람이
아니었다. 그런 일은 인생에서 몇번 되지 않았다. 하지만
막상 뱉고 보니 이영은 자신이 그만두길 오래전부터 원하
고 있었다는 걸 알 수 있었다. 기도원에 있는 자신이 교인
이 아니라 직장인처럼 여겨지기 시작했을 때부터였던 것
같았다. 무조건적인 수용의 의지에 눌려 형태가 뭉개져
있던 까슬한 마음이 소리를 입고 외부 세계에서 존재성을
획득하자 이영은 홀가분했다.

"이유가 뭐죠?"

"수지타산이 안 맞아서요. 저는 제 노동의 대가를 합당
하게 치러주는 곳으로 가고 싶습니다."

전도사는 어처구니없다는 듯 헛웃음을 뱉었다.

"그럴 줄 알았어."

"뭘요?"

"나는 처음부터 도간사는 이곳에 어울리지 않는 사람
이라고 생각했어요. 딴생각이 너무 많아요. 교회에서 봤
을 때부터 이미 알고 있었어요."

교회까지 그만둘 생각은 없었다. 목사에 대해서도 실망
과 의심의 마음이 차곡차곡 쌓여왔고 운영위원 회의를 통
해 그가 가장 귀히 여기는 것은 하나님의 백성이 아니라

다만 교회의 안녕과 번성이었음이 재확인된 터였지만 연달아 등을 돌리는 것은 옳지 않다고 느껴서였다.

"그러면 죄가 되나요?"

길병소가 물었다.

"그렇다기보다는…… 저는 하나님의 자녀로서 교회에 가는 거지, 목사님이 제 마음에 들어서 가는 게 아니니까요. 이해하기 어려우시겠지만…… 나 듣기 싫다고 설교 말씀을 거부하고 교회를 옮기는 건 쉽지 않은 일이에요. 일단 기도나 사역을 더 열심히 하면서 내 안에 맴도는 부정적인 생각과 감정을 정화하려고 애쓰게 되죠."

이영은 기독교인이 된 뒤 이십여년간 총 다섯번 교회를 옮겼다. 그중 가장 오래, 가장 성실하게 다닌 곳이 그 교회였던 건 역설적이게도 그 어떤 교회에서보다 가장 첨예한 내적 갈등이 일어나서였다. 목사를 비롯해 교회와 기도원에서 중역을 맡고 있는 이들의 믿음이 가짜라고 여겨지는 순간들이 많았고 그때마다 이영은 기도를 했다. 물론 하나님, 하고 부르는 게 다였지만.

얼마 후 교회의 주일예배 설교 시간에 목사가 이런 말을 했다.

"코로나 사태는 향락과 물질주의에 물들어가는 인간세상에 경고를 주시기 위한 하나님의 심판입니다. 사이비

이단, 동성연애자, 무신론자들이 있는 곳에서 바이러스가 더 퍼지는 겁니다. 하나님을 믿고 기도 열심히 하면 백신 안 맞아도 면역력 생겨요. 코로나 걸린다고 교회에 안 나오시는 분들 많아졌는데, 보세요. 그런 분들 곧 코로나 걸립니다. 군건한 믿음으로 이 자리에 와 계신 여러분들은 코로나 안 걸립니다. 이렇게 말하면 교회 열심히 나왔는데도 코로나 걸렸다고 하시는 분들 꼭 있죠. 그분들은 믿음이 부족한 겁니다. 하나님께서는 다 아십니다."

그전에도 이영은 목사의 설교를 듣기 힘들 때가 종종 있었다. 공격적인 혐오와 노골적인 비난, 배타적인 선민의식 같은 것들이 어떤 거름망도 없이 마구 쏟아질 때면 명치가 턱 막혀 숨이 안 쉬어졌다. 그럴 때마다 눈을 감고 속으로 계속 하나님을 불렀다. 하나님을 부르는 자신의 마음속 음성 말고는 어떤 소리도 자신을 침범하지 않도록.

이날은 설교가 채 끝나기 전에 자리에서 벌떡 일어나 교회에서 나왔다. 목사는 하나님이 누구인지 결코 모를 거라는 생각이 들었다. 하나님이 누구인지 모르기에 하나님의 뜻을 따르지 않는 거라고.

하나님은 『이사야』 40장 1절에서 이렇게 말씀하셨다.

"너희는 위로하라. 내 백성을 위로하라."

이영이라고 해서 하나님이 누구인지 알고 있는 것은

아니었다. 그런 주제에 남의 무지를 탓하는 것은 오만이었다. 하지만 회의나 죄책감이 일지는 않았다. 당신들의 믿음은 믿음이 아니다, 당신들의 기도는 기도가 아니다. 이영의 결론은 그것이었고 결국 그것이 결론임을 받아들이기까지 칠년이나 걸렸다는 사실이 어처구니없었다. 설령 자신의 결론이 하나님의 뜻과 다르다 하더라도 그 교회로는 두번 다시 돌아가고 싶지 않았다. 자신의 결론이 하나님의 뜻과 다르다면, 그래서 문제가 된다면 하나님께서는 또 다른 길을 열어주실 터였다. 단 한점의 갈등도 의심도 없이 이영은 그 순간 그랬다.

교회를 나온 지 사흘 만에 이영은 코로나 확진 판정을 받았다. 과연 목사의 예언이 신묘하다 할 만했다. 이영은 픽 웃었다. 증상은 짐작했던 것보다 훨씬 고통스러웠다. 아무것도 하지 말고 아무 생각도 하지 말고 일단 좀 쉬라는 하나님의 뜻으로 받아들였다. 그것 말고 달리 무슨 뜻이 있으시겠는가.

"세상의 질서는 죽음에 의해 바뀌는 것이니, 어쩌면 신은 우리가 자신을 믿지 않기를, 자신이 침묵만 하고 있는 하늘을 쳐다보는 대신 온 힘을 다해 죽음과 맞서 싸우기를 바랄지도 모릅니다."

길병소가 말했다. 이영은 고개를 저었다.

"저는 그렇게까지는 생각하지 않아요."

"제 말이 아니라 알베르 카뮈의 『페스트』라는 소설에 나오는 등장인물의 대사예요. 「무고」를 준비하면서 읽었는데 그 문장에 유독 마음이 가서 따로 메모해두기까지 했죠. 원래의 문장과는 좀 다를 거예요. 그래도 대략 그런 말이었던 것 같아요."

"아."

그다음에 만났을 때 길병소는 『페스트』와 함께 『믿음의 형식』이라는 책을 선물로 주었다.

이영은 평소 독서에 별 취미가 없었지만 길병소의 성의를 봐서 열심히 읽어보려고 했다. 역시 쉽지 않았다. 그나마 『페스트』는 가까스로 완독했으나 『믿음의 형식』은 끝내 오분의 일을 넘지 못하고 독서를 포기했다. 하지만 길병소에게 미안해서 자기 대신 그 책을 완독해주길 바라며 나에게 선물한 것이었다.

9

『믿음의 형식』은 나 역시 읽기 쉬운 책이 아니었다. 그래도 꾸역꾸역 완독했다. 그리고 그 책은 삼년간 숨 요가원 책장에 꽂혀 있었다. 나는 진작 놓쳐버린 그 메모지를 남몰래 품은 채. 아드리아나와 보낸 시간을 나에게 돌려주기 위해.

그랬다고 하자 이영은 흥미롭다는 듯 홋 웃었다.

"재밌네."

"뭐가."

"모든 것들이 묘하게 얽혀 있는 것 같아서. 어디서부터 어디까지가 나의 이야기이고 다른 사람의 이야기인지 구분 지을 수 없다는 게…… 재밌어."

나는 고개를 끄덕였다.

"그러네. 그런데 네 말이 더 재밌다."

"사실 내 말은 아니고 루카의 말이야."

루카의 표현은 조금 다르다고 했다. 루카는 이렇게 말했다고 한다.

"어디서부터 어디까지가 나에게 속해 있고 다른 사람에게 속해 있는 건지 잘 모르겠다는 생각이 들 때가 있어. 어디서부터 어디까지가 나를 이루고 있는 것들이라 말할 수 있는지, 나라는 것이 그렇게 명확히 구분 지어 설명될 수 있는 개념인지."

"개념?"

고개를 갸웃하며 내가 물었다.

"아니, 존재라고 했나? 아니, 사람이라고 했던 것도 같고."

이영도 말하며 고개를 갸웃했다.

개념이든 존재든 사람이든 간에 여하튼 루카는 '한 명의 개인으로서 나'라는 건 인류의 전체 역사로 보면 탄생한 지 얼마 안 되는 의식이라고도 말했다고 했다.

마지막 여행지였던 알바니아에서였다. 이영과 루카는 수도인 티라나의 중앙광장에 있는 박물관 앞 계단에 앉아 몇백년의 역사를 가진 오래된 건축물들 사이로 표현주의적인 현대 건축물이 치솟아 있는 광경을 조망하고 있었다. 루카는 각각이 어떤 건물이고 어떤 역사를 가지고 있는지 설명해주었다.

"색채도, 양식도, 목적도 모두 이질적인 요소들이 마구 뒤섞여 있는 것 같은데 풍경 전체를 보고 있으면 묘하게 잘 어우러져 있다는 생각이 들어. 그러기 쉽지 않은데 말이지. 광장 자체가 넓어서 그런 것 같기도 해. 여백이 충분하니까 서로 부딪치는 것들이 완화돼서 그런 것 같기도."

루카는 말끝에 만족스러운 미소를 지었다.

"내가 이래서 건축물들을 좋아해. 가만히 보고 있으면 이런저런 생각이 일어나거든. 질문도 떠오르고 답도 떠오르고 그래서 이 답이 맞는지 여러가지 통로로 검증해보기도 하고 검증에 실패하면 뭐가 뭔지 모르겠다는 심정도 들고 그래서 다시 묻고 다시 답하고…… 그런 과정만큼 드라마틱한 일은 없을 거야."

십여년 전 건축 관련 잡지사에 보낸 원고에도 그런 심정이 담겨 있었다고 루카는 말했다. 애초에 그런 심정을 표현하고 싶어 쓴 글이었다고.

"그래서 책도 낼 수 있었고 그 덕에 너도 만나게 되었지."

루카와 이영의 연을 이어준 문구는 이것이었다.

각양각색의 건축물들을 가만히 보고 있노라면 사람들의 온갖 마음들이 느껴진다. 형도 색도 없는 마음들에 형과 색을 입혀 외화한 것이 건축물이기 때문일까. 그

렇다면 어떤 건축물에 대해 훌륭하다든가 형편없다든가 하는 평가를 내리는 건 부당한 일일지도 모르겠다. 그럼에도 어떤 건축물은 확실히 훌륭하고 어떤 건축물은 확실히 형편없다. 왜 그럴까. 애초에 훌륭한 마음이 있고 형편없는 마음이 있어서인가, 아니면 마음 그 자체는 아무 문제가 없으나 마음이 투영된 형색이 본래 마음들을 있는 그대로 반영하기도, 그 어떤 마음도 제대로 반영하지 않기도 해서인가. 이 문제를 해결하기 위해 나는 계속해서 건축물을 본다. 그것에 투영된 사람들의 마음이란 어떤 것인지 계속해서 생각한다.

티라나의 건물들에 관한 이야기는 알바니아와 발칸반도의 역사로 이어졌고 그것은 다시 그 역사 속에 있었던 사람들과 그 사람들이 겪었던 시간에 대한 이야기로, 그리고 인류의 역사와 개인이란 무엇인가에 대한 이야기로 연결되었다. '한명의 개인으로서 나'라는 의식에 관한 이야기는 그 맥락에서 나온 말이었다.

"그건 근대의 의식이야. 근대 이전에는 한명의 개인으로서 나라는 게 존재하지 않았어. 집단의 일부, 집안의 일부였을 뿐이지. 혈연, 계급, 종교가 개인보다 절대적인 우위를 차지했으니까. 근대의 시작을 언제로 봐야 할지에 대해서는 여러가지 이론이 있긴 하지만 여하튼 나라는 의식이 탄생했다는 게 근대의 특징 중 하나라는 건 분명해. 인본주의나 시민사회의 출현이 그 의식의 발달에 한몫을 했지. 그러니까 한명의 개인으로서 나라는 것 자체가 집단적 의지가 담긴 집단의식이고 역사적으로 보면 아주 발전된 의식인 거야. 그런데 따져보면 탄생한 지 몇백년 안 된 의식이거든. 일만년이라는 인류의 역사를 기준으로 놓고 보면 인간이 자기 자신을 한명의 독립적인 개인으로 인지하기 시작한 게 최근인 셈이야. 그래서 우리는 아직 그 의식의 본성을, 의미를, 가능성을 다 파악하지 못하고 있는 건지도 모른다고…… 나는 이따금 생각해."

루카가 '나'라는 의식에 대해 천착한 것은 삼년 전부터였다. 그해 루카는 겨울방학 때 오스트레일리아에 다녀왔다. 시드니에 살고 있는 이복동생을 오랜만에 만나러 간 것이었다. 동생은 파워하우스박물관에서 한국의 유물 전시회가 열리고 있다고 알려주었다. 한국과 오스트레일리아 수교 60주년을 기념해 기획된 「창령사터 오백나한전」이라는 전시회였다.

오백나한은 한국 영월의 창령사라는 옛 절터에서 발굴된 석상들을 말했고 '나한'은 산스크리트어 '아르하(arhat)'의 음역인 '아라한'의 줄임말로 깨달음을 얻은 성자를 뜻했다. 전시회장에는 오십점의 나한상과 한점의 부처상이 천여개의 스피커를 탑처럼 쌓아 만든 설치미술 작품과 함께 배치되어 있었다.

성자라고 하기에 나한들의 표정은 지극히 세속적으로 보였다. 속세의 번뇌를 초월한 자에게서 흘러나올 법한 거룩함이나 고결함은 찾아볼 수 없었고 다만 기쁘고 슬프고 수줍고 우울하고 익살스럽고 퉁명스럽고 천진하고 노여운 보통 사람의 얼굴들만 가득했다. 하지만 루카는 그 놀라운 생동감에 마음을 홀딱 뺏겼다. 실제로 살아 있는 모델이 눈앞에 있지 않는 한 그토록 정교하고 다채로운 표현이 가능할 것 같지 않았다. 낱낱을 향한 경이감이 가신 뒤 루카는 전체를 가만히 조망했다. 그러고 있자니 어느 순간 가슴에서 뭔지 모를 뜨거운 기운이 은은하게 차올랐다. 루카는 그곳을 쉽게 떠나지 못했다.

집에 돌아와서도 여운을 잊지 못해 인터넷에서 오백나한전과 관련된 글과 영상 들을 찾아보았다. 그 과정에서 한국에서의 전시명에는 부제가 있었음을 알게 되었다.

당신의 마음을 닮은 얼굴.

부제를 여러번 읊조리다 루카는 생각했다.

그러게. 그들은 어떻게 필부의 마음을 성자의 얼굴에 새겨 넣을 생각을 한 것일까. 대체 어떤 마음으로.

한국의 전시장에는 벽 이쪽저쪽에 여러 문구를 써놓았었다는 것도 알게 되었다. 불교 서적들의 글귀 중 석상과 어울리는 내용을 뽑아 박아 넣은 모양이었다. 그중 한 문구에 시선이 오래 머물렀다.

머리는 덥수룩하고 눈은 툭 불거진 그 모습 이 늙은이의 진면목일세. 위로는 하늘, 아래로는 땅을 버티고 선 그것을 부처도, 조사(祖師)도 원래는 찾아내지 못했지. 우습도다, 그것이 무엇일까. 남북동서에 오직 나뿐이로다.

한국의 역대 고승들의 전기를 모아 엮은 고서 『동사열전』에 나오는 문구라고 했다. 불교의 교리를 알지 못해서인지 의미를 이해하기가 쉽지 않았다. 언젠가 영화에서 승려들이 선문답을 나누는 장면을 본 기억이 떠올라 이것도 그런 것인가 싶기도 했다. 문맥상으로는 '나의 진면목은 오직 나뿐'이라고 읽혔는데 말이 되는 것도 같고 말이 안 되는 것도 같아서였다. 여하튼 루카는 여기서 말하는 '오직 나뿐'이라는 게 어떤 의미인지 골몰하게 되었고 이때 '나'라는 건 반드시 화자 그 자신만을 뜻하는 건 아닐지도 모른다는 생각을 했다. 단지 그러한 개별적 존재성을 자신의 진면목이라고 단언하는 것은 진리를 탐구하는 자로서 가당을 만한 발견이 아닐 것이기 때문이었다.

물론 루카의 독해는 그 문구의 본래 의미를 완전히 왜곡한 것일 수 있었다. 하지만 그렇다 한들 별문제가 아니었다. 루카는 그 글귀와 상관없이 '나'라는 것이 무엇인지, '나'라고 하는 말이나 의식이 가리키는 내용은 어떤 것들이 있을지 궁리하기 시작했다.

"대부분의 사람들이 '나'라는 말을 오직 자기 한 사람을 가리키는 말로만 쓰고 생각하는 게 종종 이상하게 여겨져. 모두와 구별되고 모두로부터 분리되어 있는 개별자로서 '나'를 말하고 '나'를 의식하는 게 말이지. 오직 그런 의미로서만. 한마디로 '나'의 의미가 엄청 축소된 거야. 그것의 탄생 시점의 의미와는 다르게. 인류 역사상 개인의 위상을 이만큼 강조하는 시대가 없었는데 왜 우리는 그 정도로밖에 '나'를 파악할 수 없는 걸까. 파편화되고 고립된 존재로. 그 모든 것과 구별되는 자기만의 고유성을 증명해야 한다는 압박감을 느끼면서. 동시에 자신에게 일어나는 모든 일은 오로지 자신의 선택의 결과라는 무거운 책임을 짊어진 채. 이상한 일이지. 원래 '나'라는 의식은 자유를 원해서 탄생한 것인데."

루카는 잠깐 말을 멈추고 광장 너머 더 먼 곳으로 시선을 보낸 채 잠자코 있었다. 그사이 이영은 눈에 들어오는 건축물들을 다시금 하나씩 찬찬히 바라보았다.

"어디서부터 어디까지가 나에게 속해 있고 다른 사람에게 속해 있는 건지 잘 모르겠다는 생각이 들어. 어디서부터 어디까지가 나를 이루고 있는 것들이라 말할 수 있는지, 나라는 것이 그렇게 명확히 구분 지어 설명될 수 있는 건지. 그럼에도 나는 다른 누구와도 같지 않으며, 따라서 오직 나만이 나라는 감각은 사라지지 않아. 그런 나라는 건 사실상 있을 수 없다는 생각이 들면서도 말이지. 이 모순을 해결하는 것이 나의 숙제야. 어쩌면 그 모순까지도 포함한 존재가 '나'인 걸까? 모르겠어. 한명의 개인으로서 나라는 건 생각하면 생각할수록 이상한 존재야. 모든 것과 연결되어 있으면서 모든 것과 분리되어 있으니까. 하지만 어떻게 그 둘 다가 나에게 동시에 있을 수 있지? 그러니 어쩌면 우리 모두에게 '나'의 정체는 아직 다 밝혀지지 않았다는 생각을 해. 탄생한 지 얼마 안 된 의식이라서 그렇다고 말이야. 그만큼 '나'라는 건 아직 미스터리한 대상인 거야. 적어도 나에게는."

10

  이영이 내가 포르투갈에서 사 온 시집을 길병소에게
준 건 마지막 인터뷰를 한 날이었다. 의도한 일은 아니었
다. 길병소로부터 두권의 책을 받은 뒤 이영은 자신도 선
물을 줘야겠다고 마음먹었고 뭘 주면 좋을지 모르겠어서
필요한 게 있으면 말해달라고 했다. 길병소는 처음엔 거
절하다 이영이 물러나지 않자 결국 책을 한권 달라고 했
다. 이영은 그가 원하는 책을 주문해 보내줄 생각이었다.

  "그냥 이영씨가 가지고 있는 책 중에서 한권 줘요. 이영
씨에게 의미가 있는 책이면 더 좋고요."

  이영의 집에는 책이 없었다. 하지만 그렇게 말하자니
어쩐지 겸연쩍어 요가원의 책장에서 한권을 골라 자신의
책인 양 주게 된 것이었다. 내 허락도 받지 않은 채 남에
게 줘도 별문제가 되지 않을 책을. 나는 기억나지 않았지
만 이영의 말에 따르면 언젠가 이영이 외양도 언어도 낯

선 그 시집을 신기하다는 듯 들춰보자 내가 갖고 싶으면
가지라고 했다고 한다. 포르투갈에서 사 온 기념품일 뿐
사실상 별 쓸모는 없다고 했다나. 쓸모가 없기는 이영도
마찬가지였으므로 이영은 그 책을 다시 책장에 꽂았다고
했다.

"그러니까 별 이유 없이 이 책을 준 거였어?"

내가 물었다.

"응. 뭐라도 줘야 했어서. 아니, 주고 싶었어. 나도 받았
으니까."

"그럼 그런 의미심장한 글은 왜 쓴 거야?"

"무슨 글?"

나는 시집의 표지 뒤 첫 장을 펼쳐 보여주었다.

길병소님께

이 책의 시들을 번역해보세요. 놀라운 일이 당신을 기
다리고 있을 거예요.

도이영 드림.

"아. 그 사람이 써달라고 해서 써준 거야."

"이렇게 써달라고 했다고?"

"아니. 책에 뭐라도 써서 주라고 하더라고. 뭘 쓰냐고

했더니 헌정사 같은 걸 써달랬어. 그래서 쓴 거야."

"그러니까 이 말도 그냥 아무 의미 없이 쓴 거라는 거야?"

아무 의미가 없지는 않았다. 역시 나는 기억나지 않았지만 이영의 말에 따르면 내가 한때 그 시집을 번역해보려다 결국 실패했으나 그러는 동안에는 아무 생각이 안 들어서 좋았다고 했다고 한다. 마치 그것 외엔 중요한 것이 아무것도 없다는 심정이었다면서. 그렇게 쉬고 나자 다시 시작하자는 마음이 들었다고. 내가 그런 말을 했는지는 기억나지 않았지만 당시 내가 그런 상태였던 건 맞았다. 다시 시작하자는 마음으로 맨 처음 한 일이 요가를 배우는 것이었다.

"나는 그 사람이 좀 쉬면 좋겠다고 생각했어. 아무 의미 없는 일, 별 쓸모없는 일에 매달려 의미 있고 쓸모 있는 일을 잠시 잊으면 좋겠다고 말이야. 언니가 그랬던 것처럼."

"그 사람한테는 그걸 번역하는 게 단지 그런 일이 아니었던 것 같던데."

길병소의 연인에 따르면 길병소의 일기장에는 '당신은 왜 나에게 그 책을 주었나'라고 쓰여 있었다고 했다. 그 물음에 담긴 길병소의 심중은 길병소만이 알겠지만 적어도 그 책이 길병소에게 아무 생각도 일으키지 않는 휴식의 매개가 되지 않았다는 건 짐작할 수 있었다. 더욱이 길병소는 진짜로 시집 전체를 번역하기까지 했다. 시집 자체가 특별한 의미로 와닿지 않았다면 굳이 그렇게까지 할 필요가 있었을까. 애초에 시집이 그 정도로 특별했던 이유는 시집을 준 사람 때문이 아니었을까.

이영은 고개를 끄덕였다.

"맞아. 그 사람이 나한테 보내준 「기도」라는 영상에 그런 장면이 나오더라고. 나를 인터뷰하고 집으로 돌아가 그 시집을 번역하는 장면. 거기에서 이런 내레이션이 나와. 이 책엔 당신의 어떤 마음이 담겨 있을까."

다섯번의 인터뷰가 진행되면서 길병소는 마치 이영이 경험하고 생각하고 느낀 것들을 자신의 일처럼 통째로 받아들이고 이해하길 원하는 듯 보였다. 자신이 가지고 있는 필터를 제거하고 이영의 것들이 온전히 자신의 것으로 경험되고 생각되고 느껴지길 바라는 듯. 그것이 잘 안 될 때 길병소는 필요 이상으로 낙담하거나 당황스러워했다. 처음에는 그 모습이 「무고」를 향한 몰입이나 열정으로 여겨졌는데 때로는 그것이 정말 「무고」를 향한 것인지 헷갈리기도 했다.

영화감독이란 원래 이렇게까지 완전한 감정이입을 스스로에게 요구하는 사람들인가 싶다가, 하지만 실제로 영화에 등장하는 것도 아니고 단지 기초 자료로 활용될 인물에까지 동화되고자 이토록 노력할 필요가 있나 싶기도 했다. 아무래도 과한 것 같다는 생각과 예술가에게는 자신과 같은 범인의 시선으로는 도무지 이해하기 어려운 괴이한 면모가 있는 것이 당연하다는 생각 사이에서 왔다 갔다 하던 참에 인터뷰가 완료되었다.

이영에게는 불균형적인 소모로 보이는 것이 길병소에게는 조화로운 주력일 수 있다고 생각하기로 했음에도 안타까움이 쉬이 가시지는 않았다. 그런 식의 매진이 반드시 대상에 대한 진정한 이해로 귀결되는 것은 아니니까. 하지만 「기도」를 보며 이영은 그에게 필요한 것이 무념의 휴식이고 그 시집이 도움이 되면 좋겠다는 자신의 바람이야말로 그의 진실과는 완전히 동떨어진, 더없이 무용한 지레짐작이었다는 걸 인정하지 않을 수 없었다.

*

길병소가 몰입한 대상은 「무고」가 아니라 이영이 맞았다. 「기도」에는 이영을 바라보고 이영의 이야기를 듣고 이영을 생각하는 길병소의 시선과 마음이 고스란히 담겨 있었다.

하지만 다른 한편 그것은 실제의 길병소가 아니라 길병소에 의해 만들어진 영상 속 등장인물의 시선과 마음으로 여겨지기도 했다. 당연히 그가 열중하고 있는 대상도 실제의 이영이 아니라 영상 속 등장인물로 보였다. 현실의 이영이 삼인칭 관찰자로서 영상 속 두 사람을 바라보고 있기 때문인 것 같기도 하고 애초에 길병소가 영상의 성격을 다큐멘터리가 아니라 다큐멘터리 형식을 띤 픽션영화로 설정했기 때문인 것 같기도 했다. 물론 길병소가 정말 그런 의도로 「기도」를 만든 것인지는 알 수 없었다.

영상을 첨부한 메일에 길병소는 이렇게 썼다.

「무고」는 만들 수 없을 것 같아요. 아니, 만들 필요가 없는 건지도 모르겠어요. 저는 이제 영화 일은 그만두기로 했어요. 그러니까 이 영상은 제가 마지막으로 저의 이야기를 담아 촬영하고 편집하여 완성한 영상이 될 겁니다. 사실상 처음이기도 하고요. 이 영상은 이영씨 말고는 누구와도 공유하지 않을 것이니 염려는 하지 마시고요. 감사했습니다. 이영씨를 통해 뭔가에 혹은 누군가에게 가닿고 싶은 마음이라는 게 어떤 건지 알게 되었습니다. 늘 건강하시길 바랍니다.

길병소의 말대로 「기도」에서는 시종일관 뭔가에 혹은 누군가에게 가닿으려는 마음이 느껴졌다. 길병소에게서도 도이영에게서도.

길병소가 가닿고 싶어 하는 대상은 당연히 도이영이었지만 실은 도이영이 아니기도 했다. 뭔가에 혹은 누군가에게 가닿고 싶어 하는 도이영의 마음 그 자체에 가닿고 싶어 하는 것으로 보였으니까. 그 마음이란 어떤 마음인지, 어디서 비롯되어 어떤 여정을 지나 어디에 이르렀는지 영상 속 길병소는 최선을 다해 궁구하고 있었다. 인터뷰가 진행될 때는 이영이 미처 느끼지 못했던 간절함이었다.

이영 자신에게 그런 마음이 있었다는 것도 「기도」를 보며 처음 알았다. 말할 때는 몰랐지만 제삼자로 그 말을 듣고 있자니 영상 속 도이영에게 그것은 오래된 마음이었다는 게 느껴졌다.

이영이 어느 날 교회에 가고 기독교인이 된 것은 그냥 어쩌다가 아니었다. 교회를 향한 의심과 회의로부터 온전히 자유로웠던 적이 없었음에도 계속 교회를 다녔던 것은 그저 기독교인으로서 당연히 해야 할 일을 하기 위해서가 아니었다.

이영은 가닿고 싶었다. 가닿을 수 있었는데도 결국 가닿지 못하고 놓쳐버린 승아에게. 뒤늦게라도. 그래서 신에게도 가닿고 싶었던 것이었다. 승아가 가닿고 싶었던 대상이었으니까. 승아의 죽음이 어떤 일들에서 비롯된 것이었는지, 어떤 시간들의 결과로 일어난 일이었는지 속속들이 알고 싶어 했던 것과 마찬가지로. 승아에게 가닿고 싶어서.

이영은 길병소가 바라보고 있는 도이영을 통해 자신이 그랬다는 걸 또렷이 자각하게 되었다. 정확히는 기억해낸 것이었다. 자신이 정말 원하는 것이 무엇이었는지를.

영상의 마지막 장면에서 길병소는 도이영에게 물었다.

"기도는 어떨 때 일어나는 걸까요?"

도이영은 물음을 곱씹듯 시선을 떨어뜨린 채 생각에 잠겨 있다 문득 고개를 들고 천장을 바라보며 눈동자를 좌우로 굴리곤 다시금 고개를 숙인 채 잠자코 있었다. 장면은 약 이분간 진행되었고 그사이 도이영의 얼굴이 클로즈업되었다. 그리고 문득 정면을 바라보며 도이영은 말했다.

"어딘가에, 누군가에게 가닿고 싶을 때인 것 같아요."

도이영은 시선을 테이블 모서리에 박고 한쪽 손을 턱에 괸 채 가만히 있다가 혼잣말처럼 중얼거렸다.

"어쩌면 하나님도 같은 마음이 아닐까요? 세상을 창조하신 것도 그래서."

도이영은 다시 정면을 바라보았다. 화면은 천천히 도이

영에게 더욱 가까이 다가가 도이영의 눈을 클로즈업하더니 아예 눈 속으로 들어가는 모양새를 띠며 페이드아웃되었다. 그렇게 「기도」가 끝났다. 실제로는 첫날 진행된 인터뷰였다.

믿고 받드는 것은 그만해야겠다. 하나님께 진짜로 가닿으려면 그것만으로는 불가능해. 하나님께 진짜로 가닿지 못한다면 승아에게도 가닿지 못할 것이다. 승아에게 가닿지 못한다면 하나님께 가닿는 길도 찾지 못할 것이다.

이영은 검은색 화면을 오랫동안 응시하다 그렇게 생각했다. 그렇게 생각하며 가만히 앉아 있었다. 그러다 어느 순간 자신도 모르게 양손을 깍지 끼고 겹쳐져 있는 두 엄지손가락 위에 이마를 댄 채 눈을 감았다. 얼마나 그러고 있었는지는 알 수 없었다.
그리고,
이영은 하나님께 마지막 기도를 올렸다. 부르기만 하는 것 말고 진짜 기도를. 그 기도를 자신도 들을 수 있도록 크게 소리 내어.
"하나님 아버지. 저의 모든 여정이 하나님께 가닿기 위한 길임을 믿어 의심치 않나이다. 당신께서는 저희로 하

여금 단지 당신을 믿고 받들라고 저희를 창조하신 게 아
님을 알겠나이다. 저는 하나님의 자녀로서 하나님의 자녀
답게 당신께서 가닿고 싶어 창조하신 모든 것들에 가닿아
보겠습니다. 하나님을 잊을지언정 하나님의 그 마음은 잊
지 않겠습니다. 세상의 모든 영광이 부디 하나님 아버지
께 돌아가길. 아멘."

제3부

/

개
인
의

탄
생

1

아버지가 돌아가셨다. 사인은 심근경색. 나주의 호수공원 산책로에서 의식을 잃고 쓰러져 있는 아버지를 행인이 발견해 병원으로 옮겼지만 그대로 숨을 거두었다고 한다. 이영이 여행에서 돌아오고 한달쯤 지난 뒤였다.

느닷없는 사별이었다. 아버지는 몇해 전 심장질환 진단을 받고 약을 먹어오긴 했지만 애초에 상태가 심각한 정도는 아니었고 증세가 악화된 것도 아니었기 때문에 가족 누구도 아버지의 심장이 그렇게 홀연히 멈추리라고는 예상하지 못했다. 가장 가까이에서 아버지를 지켜봐왔던 어머니도 그럴 만한 기미는 조금도 없었다면서 거듭 기막혀했다.

아버지는 반년째 공원의 관리사무소 소속으로 환경미화 일을 하고 있었다. 노인 일자리 사업을 통해 얻은 일이라 그다지 과도한 노동이 강요된 것도 아니었는데 어머니는 아버지가 그 일을 안 했더라면 죽지 않았을 거라고, 그 일을 못하게 말렸어야 했다고 장례 기간 내내 한탄했다. 어차피 빚을 갚기엔 턱없는 돈벌이였다고.

집에 빚이 있었다는 건 이영도 나도 몰랐던 일이었다. 아버지가 우리에게는 비밀로 하라고 어머니에게 신신당부를 했다고 한다. 반년 전 아버지가 운영하던 빨대공장이 경영난에 부딪쳐 문을 닫게 되었을 때 어머니는 그동안 모아놓은 돈도 있고 아버지가 곧 일자리를 찾을 테니 염려하지 않아도 된다고 했었다. 공장을 열기 전 오랫동안 해온 국숫집을 접어야 했을 때도 별고 없이 위기를 잘 넘기지 않았느냐고. 어리석게도 나는 그 말을 곧이곧대로 받아들였다. 물론 정확한 사정을 알았더라도 달리 뾰족한 수가 있지는 않았겠지만.

아버지가 공장을 차린 건 팔년 전이었다. 그전까지는 나주의 버스터미널 근처에서 국숫집을 운영했다. 한자리에서 장장 삼십여년을. 국숫집 이름은 '일수네 모밀집'이었다. 언젠가는 일수가 태어나리라는 희망이 꺾이기 전에 지어진 이름이었다.

메뉴는 총 세가지였다. 모밀국수, 비빔모밀, 모밀짜장. 4인용 테이블이 네개뿐인 작은 식당이었고 손님들이 꽉 차는 점심시간에는 어머니가 식당에 나가 서빙을 했다. 대학에 들어간 뒤에는 방학 때마다 어머니 대신 내가 서빙을 했다. 미성년이었을 때는 허락되지 않은 일이었다.

서빙을 하다 보니 전에는 무관심하거나 몰랐던 것들이 하나씩 문제점으로 의식되기 시작했다. 이를테면 메뉴와 식당 운영에 대해서. 나는 아버지에게 이것저것을 제안했다. 모밀은 표준어인 메밀로 고쳐야 한다, 메밀국수는 메밀온국수나 온메밀국수 등으로 표기해 온면 음식이라는 걸 알려주면 좋겠다, 이참에 메밀냉국수도 팔면 어떻겠느냐, 국수 종류나 메밀 음식 메뉴를 더 늘리는 것도 좋겠다, 메밀짜장은 비빔메밀과 이름의 조합이 맞도록 짜장메밀로 바꾸자, 우리도 다른 식당처럼 배달을 하면 수익이 커질 것이다 등등. 아버지는 모든 제안을 단칼에 거절했다. 그건 모두 헛소리라고 호통을 치기까지 했다.

"꼭 뭣도 모르는 것들이 맨날 죄다 뜯어고치는 데만 환장하지. 아니면 남들 하는 거 저도 하겠다고 설레발치거나. 지금까지 해오던 걸 더 잘해볼 생각은 안 하고!"

홀몸으로 온갖 고생을 하며 외아들을 키운 할머니가 눈을 감기 전 고향에서 먹던 뜨끈한 모밀국수가 먹고 싶다고 했고, 그래서 아버지가 국숫집을 하게 되었다는 이야기는 아버지가 돌아가신 뒤 어머니한테 들었다.

여하튼 나의 제안은 계속되었고 아버지의 거절도 여전했는데 그중 하나가 현실화되긴 했다. 우리 국수는 수타면이라는 걸 간판에 표기하자는 것이었다. 아버지는 오십대 초반부터 어깨통증에 시달리기 시작했으면서도 끈질기게 손수 반죽해 면을 만들었고 그것은 아버지의 자부심이자 손님들이 아버지의 국수를 특히 좋아하는 이유였다. 당연한 일을 무슨 생색까지 내느냐고 처음에는 완강하던 아버지는 나의 끈질긴 회유로 고집을 꺾었다.

나는 아버지 몰래 포털 사이트에 식당을 등록했고, 손님들의 리뷰가 쌓이면서 전에 없이 기꺼이 긴 줄을 서서 순서를 기다리는 이들이 생겼다. 그러면서 한동안 잠잠했던 나는 다시금 식당 규모의 확장을 적극적으로 권했다. 아버지는 자신이 하루에 만들 수 있는 국수 양이 정해져 있으므로 안 된다고 했다. 나는 제면기의 구입을 제안했다. 완제품을 사용하지 않고 반죽을 직접 하는 것만으로도 수타면이라 할 수 있다고 주장했다. 변화를 두려워하지 말라는 간언까지 했다. 아버지는 그날로 나를 식당에 나오지 못하게 했다.

"나는 그렇게 살지 않았다. 앞으로도 그렇게 살 수는 없다. 너하고는 두번 다시 같이 일하고 싶지 않다."

어차피 방학이 끝나가고 있었고 나는 졸업반이었기 때

문에 식당 서빙은 조만간 영영 종료될 참이었다. 내가 하고 싶어서 한 일도 아니고 나만 좋자고 제안한 것도 아닌데 마치 비급을 팔아먹은 제자를 파문이라도 하듯 엄정하게 선언하는 아버지가 우습기도 하고 어처구니없기도 했다.

나는 난생처음으로 아버지에게 화를 냈다.

"참 대단하시네요. 네, 계속 그렇게 사세요. 오직 아버지의 신념을 위해서요. 아버지의 그 고집 때문에 우리가 어떤 시간을 보내든 말든 아무 상관없어요."

또다시 한바탕 호통이 퍼부어지리라 예상했지만 의외로 아버지는 아무 말도 하지 않았다.

몇달 뒤 나는 서울로 떠났고 그즈음 아버지는 제면기를 사들였다. 어깨 통증이 극도로 악화되어 반죽기도 구입했다. 간판을 '일수네 메밀집'으로 바꾸고 가게 앞에 이인용 식탁 세개를 놓아 야외석을 만들더니 메밀냉면, 메밀묵무침, 메밀전병을 메뉴에 추가하고 메밀가루에 밀가루를 절반 이상 섞기 시작했다. 판매량이 늘자 당연히 수익도 올랐고 그예 서빙 아르바이트생을 채용했다.

하지만 일수네 메밀집의 승승장구는 오래가지 못했다. KTX 개통과 드라마 촬영, 나주시 개발사업 등으로 상권이 성장하면서 많은 식당들이 새로이 생겨났다. 그중 몇몇은 텔레비전에 맛집으로 소개되었고 사람들은 그런 집에 몰려들었다. 일수네 메밀집은 더이상 특별한 식당이 아니게 되었고 수익이 부쩍 줄어 허덕이던 참에 건물주가 세를 올렸다. 그 세를 감당하려면 빚을 내야 할 판이었다.

아버지는 결국 식당을 정리했다. 그리고 이제 대세는 식당이 아니라 카페라는 친구의 조언에 공감하며 빨대 제조업을 시작했다. 과연 광주와 나주 일대의 카페들과 납품 계약을 맺으면서 쏠쏠한 수익을 얻었다. 그런데 크고 작은 유사업체들이 생겨나면서 가격 경쟁이 시작되었고 더는 낮출 수 없을 만큼 가격을 낮추고 나자 아버지는 예전에 식당에서 일하던 시간보다 더 많이 일하면서도 저축은 하지 못한 채 어머니와 근근이 먹고살 만큼만 벌게 되었다. 그런 채로 몇년이 지났다.

어느 날 아버지는 텔레비전에서 뉴스 하나를 보게 되었다. 태평양에서 우연히 잡힌 바다거북이 숨 쉬기 힘들어하기에 요모조모 살펴보았더니 콧속에서 십 센티미터가 넘는 길이의 플라스틱 빨대가 나왔다는 뉴스였다. 빨대가 제거된 뒤 거북은 호흡이 편안해진 채 다시 바다로 돌아갔지만 이 일로 플라스틱이 생태계에 미치는 악영향에 대해 세계 곳곳에서 경각심이 일고 있다는 내용이었다. 한국에서도 미세 플라스틱의 사용을 규제하는 법을 마련해야 한다는 전문가들의 발언이 이어졌다. 이 일이 내 사업에 영향을 미칠 수도 있나, 아버지는 언뜻 생각했다. 카페가 대세라고 조언해주었던 친구에게 무심코 자신의 염려를 전하자 친구가 눈을 동그랗게 뜨며 무릎을 탁 쳤다.

"앞으로 대세는 종이 빨대 사업이 될 거야."

아버지는 친구의 혜안에 감탄하며 종이 빨대를 만들기 시작했다. 플라스틱 빨대 제조를 접은 건 아니었다. 아직 플라스틱 억제 정책이 시행되기 전이었고 종이 빨대는 아무래도 플라스틱 빨대보다는 가격이 비쌌으므로 납품을 원하는 곳이 거의 없었다. 그러던 중 일회용품 사용 제한 관리방안이 발표되었다. 아버지는 자신의 사업 방향에 확신을 품고 종이 빨대 생산의 비중을 대폭 늘렸다. 예상대로 종이 빨대 납품을 원하는 곳들이 점차 늘었다. 아버지는 플라스틱 빨대 생산을 그만두었다.

하지만 또 어느 날 갑자기 일회용품 사용 규제가 철회되었다. 음식점이나 카페에서 시행될 플라스틱 빨대의 사용 단속이 무기한 유예된 것이었다. 거의 모든 발주가 취소되고 반품 요구가 이어졌다. 당연히 공장에 쌓여 있는 수만개의 재고를 처리할 판로도 없어졌다. 아버지는 일억에 가까운 빚을 떠안은 채 공장 문을 닫았다. 그런 일이 있었다는 건 이영도 나도 몰랐었다.

우리는 상속 한정승인을 신청하기로 결정했다. 상속을 포기하면 빚을 갚지 않아도 되겠지만 아버지와 어머니가 살던 집도 잃게 될 것이었다. 어머니는 그 집을 떠나고 싶어 하지 않았다. 낡을 대로 낡은 작은 시골집이 뭐가 그토록 아까운지 이영도 나도 이해하기 어려웠지만 여하튼 어머니의 소원은 들어주고 싶었다. 그나마 아버지의 사망보험금을 받게 되어 빚의 일부를 갚았고 어머니의 생계도 당장은 위급하지 않을 수 있었다.

*

아버지의 유품은 그리 많지 않았다. 마음만 먹는다면 정리하는 데 반나절도 채 안 걸릴 터였다. 이영과 나는 사흘이 걸렸다. 유품들에 얽힌 수다를 떠느라 그랬다. 물건들 하나하나에 그토록 많은 기억과 이야기가 숨어 있을 줄은 몰랐다. 나만 기억하는 이야기, 이영만 기억하는 이야기, 둘 다 기억하는 이야기, 둘 다 기억하지만 서로 다르게 기억하는 이야기, 둘 다 기억 못하는 이야기, 이야기들.

아버지의 카세트테이프를 듣게 된 건 둘째 날 오후였다. 카세트는 벽장에서 찾아냈다. 테이프도 카세트도 먼지로 잔뜩 뒤덮여 있어 일단 물티슈로 말끔히 닦아냈다. 이미 작동이 안 되는 상태라면 표면의 먼지를 없앤다고 소생할 리 없겠지만 이영과 나는 무사를 기대하며 누가 먼저랄 것도 없이 그렇게 했다. 어차피 버리거나 태울 것들이라도 망자의 물건은 깨끗하고 단정하게 정리해 고이 보내야 한다는 어머니의 엄명 때문에라도 그렇게 해야 했다. 어머니는 아버지의 옷들을 세탁기에 돌려 햇볕에 바짝 말린 뒤 다림질까지 했다. 그것들은 반듯하게 개켜져 백색 한지를 두른 채 불 속으로 홀홀 사라졌다.

아버지의 카세트와 테이프는 멀쩡히 재생되었다. 테이프는 총 다섯개였고 모두 흘러간 유행가 모음집이었다. 불법 복사가 만연했던 시절 노점에서 팔던 것들이었다. 아버지는 주로 식당에서 노래를 들었고 집에서는 거의 듣지 않았다.

어떤 노래는 익숙했고 어떤 노래는 낯설었다. 이영도 그렇다고 했다.

그리고,

그 노래가 흘렀다. 한때 매일 오후 두시 삼십분에 요가원 근처 어디선가 들려왔던 노래.

이영은 그 노래를 잘 알고 있었다. 노래의 제목은 「다방의 푸른 꿈」. 이난영이라는 가수가 1939년에 발표한 곡이라고 했다.

내가 기억하고 있었던 유일한 가사 '푸르구나'의 진짜 가사는 '부르누나'였다. 그리운 옛날을 부르누나 부르누나. 내가 처음 그 노래의 제목이 궁금했을 때 선율을 들려준 사람들 중에는 이영도 끼어 있었다. 이영은 그게 이 노래였을 줄은 상상도 못했다면서, 내가 흥얼거린 것은 전혀 다른 음이었다고 말하며 나의 음악성을 비웃었다.

그 노래는 길병소가 듣던 음악이 맞았다. 길병소의 영상 「기도」에도 그 노래가 나왔다고 했다. 길병소가 홀로 이 노래를 듣는 장면에서, 당신을 생각하며 나는 매일 두시 삼십분에 이 노래를 듣는다는 내레이션이 흘렀다고. 뭘 그렇게까지, 하는 생각이 들었지만 소리 내어 말하지는 않았다.

"왜 두시 삼십분이야?"

"그 사람한테 아버지가 한때 식당에서 매일 그 시간에 이 노래를 들었다고 말한 적 있어. 인터뷰 때는 아니었고 술자리에서 이것저것 지나가는 이야기 중 하나로."

"아버지가 그랬어? 몰랐어."

"언니가 식당에 있었던 시간은 열한시 반에서 두시까지였으니까."

"왜 두시 삼십분이었지?"

"점심 손님들이 다 빠지고 설거지까지 마치면 그 시간이었어. 그때가 아버지의 휴식 시간이었던 거지. 언니 너는 서빙만 하고 그냥 갔으니까 몰랐던 거고."

"너는 어떻게 알아?"

"언니가 서울로 가고 나서 내가 점심 서빙을 했던 때가 있었거든. 나는 설거지까지 하고 가느라고 좀더 식당에 있었어."

"그랬구나……. 근데 왜 그 노래야?"

"할머니가 그 노래를 엄청 잘 부르셨대."

노래 부를 때의 목소리가 이난영과 똑같았다고, 아버지는 말했다고 한다. 바이브레이션이나 음을 꺾는 방식도. 할머니가 부르는 그 노래를 듣고 있으면 신명이 나면서도 묘하게 구슬펐다나. 그것이 가사 때문인지 음성 때문인지는 잘 모르겠지만. 아버지가 할머니의 이야기를 한 것은 그때가 처음이었기 때문에 이영은 어색하면서도 신기했다고 했다.

"할머니는 어떤 분이셨어요?"

내친김에 이영은 그렇게 물었다. 두 사람은 각각 다른 테이블에 다른 방향으로 앉아 있었기 때문에 이영은 아버지의 옆모습을 볼 수 있었다. 이영의 말에 아버지의 고개가 완만히 떨어졌고 그 때문인지 굽은 등이 더 굽어 보였다.

"모르겠다. 삼십년을 같이 살았는데도…… 잘 모르겠어."

아버지는 말한 뒤에도 계속 같은 자세로 앉아 있었다고 한다.

"후회인가? 아니면…… 아쉬움?"

내가 물었다. 이영은 고개를 사선으로 기울인 채 눈동자를 이리저리 굴렸다.

"글쎄. 잘 모르겠어."

"뉘앙스가 어땠냐고."

"그냥…… 담담했던 것 같아. 아니, 그보다는…… 텅 비어 있었다고 해야 하나?"

이번엔 내가 고개를 사선으로 기울였다.

"그게 무슨 느낌이지? 공허감 같은 건가?"

"꼭 그런 건 아니었고…… 뭐랄까…… 까마득한 느낌이었어."

나의 고개가 더 기울어졌다.

"텅 빈 거랑 까마득한 게 같은 거야?"

이영은 포기하듯 손을 내저었다.

"정확히 설명을 못하겠어. 그냥 딴사람 같았어."

듣는 이 없이 저 혼자 부유하던 노래들이 다시금 공간

을 독차지했다. 이영과 나는 약속이라도 한 듯 입을 다문 채 노래들을 들었다.

"한 사람을 안다는 건 어려운 일이야."

조용히 아버지의 말을 곱씹고 있다가 마치 그 말에 응답이라도 하듯 나는 불쑥 말했다. 삼십년이 아니라 백년을 같이 살아도 마찬가지일 수 있다고 말해주고 싶었다. 하지만 그게 뭔가. 위로도 아니고 공감도 아니고.

"맞아. 한 사람을 안다는 건 모두의 시간을 알아야 가능한 일인지도 모르겠어. 모두에게 일어났고 모두가 겪어야 했던 모든 일들을 말이야. 그 사람이 존재하기 이전의 시간까지. 그 모든 것이 그 사람에게 깃들어 있을 테니까."

"뭐야. 그렇게 말하니까 더 엄청난 일 같잖아."

이영이 훗 웃었다.

"엄청난 일 맞지 뭐."

그런가. 어쩌면 그럴지도. 하지만,

"그게 가능할까?"

"뭐가."

"모두의 시간을 안다는 게."

"가능하지 않겠지."

"그러면."

"그래도."

"그래도라니."

"다가가보는 수밖에 없지 않겠어? 그걸 원한다면."

나는 잠자코 있다가 천천히 고개를 끄덕였다.

"그래. 네 말이 맞다."

2

아드리아나와 보낸 시간이 현재로 소환된 뒤 나는 종
종 아드리아나를 떠올렸다. 오선지 메모지에 적혀 있는
글귀를 들여다보기도 했다.

*그 순간 그 사람은 사람 같지가 않았어. 뭐랄까, 입자
라고 해야 할까. 더는 쪼개지지 않는 궁극의 단위 같은
거. 그 모습은 어쩐지 그 사람의 전부를 말해주는 듯했
지. 그런데 그게 뭔지는 도무지 모르겠더라.*

읽을 때마다 다르게 읽혔다. 그래서 본래의 맥락은 무
엇이었는지, 이 사람이 말하는 그 사람은 누구이고 그 순
간이라는 건 어떤 것이었는지, 그뒤에는 어떤 시간이 펼
쳐졌는지 궁금했고 아드리아나와 이야기를 나누어보고
싶었다. 하지만 연락을 해볼 마음까지는 일어나지 않았

다. 연락처를 모를뿐더러 안다 해도 이미 끊어진 연을 이제 와 새삼 잇는 것은 어색한 일이었다.

그러던 참에 요가원의 계약 종료가 갑작스레 결정되었다. 아버지가 돌아가시고 얼마 되지 않았을 때였다. 심박사의 며느리가 건물 관리를 전담하게 되면서 재계약 시 조건을 변경하겠다는 통보를 해 왔다. 그제야 나는 애초의 계약 기간인 오년이 다 되어가고 있었다는 걸 알아차렸다. 처음에 심박사는 십년으로 계약해도 된다고 했으나 어쩐지 부담스러워 거절했었다. 일단 길게 계약해두고 감당 못할 상황이 닥치면 그냥 도중에 나와도 되었을 것을 쓸데없는 염려로 내 복을 찼다는 후회가 밀려왔지만 도리가 없었다. 심박사의 며느리는 건물 리모델링을 할 예정이라며 보증금과 시세에 맞는 월세를 요구했다. 물론 나에게는 그만한 돈이 있을 리 없었다. 심박사는 며느리가 너무나 완고하여 손쓸 방도가 없다고 툴툴댔으나 건물주는 여전히 심박사였으므로 며느리가 그의 의지에 완전히 반하는 일을 일방적으로 벌일 것 같지는 않았다.

2층의 필라테스 센터 원장 말에 의하면 심박사가 주식 투자로 거액을 날렸다고 했다. 부동산이 워낙 많아 휘청거릴 정도는 아니었지만 자존심이 많이 상했고, 그래서 자신의 사업 능력을 보여주겠다 호언장담하며 건물의 수익률을 높이는 것부터 시작하겠다고 했다나. 심박사의 며느리가 친분이 있는 1층 디저트 카페의 사장에게 말하는 걸 필라테스 센터 원장이 우연히 들었다고 했다. 뒤통수를 맞은 심정이었으나 심박사가 아니었다면 팬데믹 때 이미 주저앉고도 남았을 거라는 생각도 들었다. 계약 만기까지는 두달이 남아 있었지만 나는 한달 만에 수업을 정리하고 공간을 비웠다.

이후의 행로에 대한 복잡한 고민들에 매여 있자니 기운이 뚝뚝 떨어졌다. 서울을 떠날까. 한때 친하게 지냈던 요가 강사가 지방 소도시에 내려가 요가원을 냈는데 집값이나 공간 임대료가 서울에 비해 한참 낮아 그만저만하게 살 만하다고 했었다. 아예 나주로 돌아가 요가원을 차릴까. 그곳에도 수요가 아주 없지는 않을 터였다. 아니, 협회를 통해 강사 자리를 다시 알아볼까, 방문 개인 수업을 열어볼까, SNS 활동을 다시 시작해야 하나. 생각은 끝도 없이 이어졌다.

온몸의 기운이 머리에 몰려 두통이 일 지경이었다. 나는 아주 오랜만에 집에서 요가를 했다. 내가 처음으로 배웠던 요가, 수리야 나마스카라였다. 다섯번을 반복하고 나자 어지러웠던 기운이 단정해졌다. 나는 가부좌를 틀고 앉아 명상에 잠겼다.

시간이 얼마나 지났는지 알 수 없었다. 불현듯 아드리아나의 음성이 들렸다.

"이수, 그게 일체감이야."

나는 눈을 뜨고 고개를 저었다. 그때 이후로는 그날의 환희를 경험해본 적이 없었다.

아드리아나를 만나고 와야겠다는 생각이 들었다. 환희를 다시 맛보고 싶어서는 아니었다. 그저 그동안 어떻게 살았는지 각자가 지나온 시간을 편안하게 나누고 싶다는 마음이었다. 그럴 수 있는 순간을 상상하는 것만으로도 이상하게 안심이 되었다.

연락처는 금방 알아냈다. 구글에서 아드리아나의 요가원을 검색해보았다. 요가원의 이름은 Adriana Joga. 사진들을 보니 확실히 그곳이었고 홈페이지에서 이메일 주소를 찾을 수 있었다.

답신은 일주일 뒤에 받았다. 메일을 보낸 이는 아드리아나의 딸이었다. 아드리아나에게 딸이 있었다는 건 이때 알았다. 그녀의 이름은 알리나였고 스물네살이었다.

아드리아나는 두해 전 코로나에 감염되어 사망했다고, 알리나는 이메일에 썼다. 기저질환이 있긴 했지만 그렇게 떠날 줄은 몰랐다고.

알리나는 어린 시절 아드리아나로부터 나의 이야기를 들은 적 있다고 했다. 아드리아나는 나와 찍은 사진을 휴대폰에 보관하고 있었는데 어느 날 알리나가 그 사진을 보고 이 사람은 누구냐고 물었고 아드리아나는 이렇게 대답했다고 한다.

"친구. 이름은 이수. 유익하고 고결하다는 뜻이래. 그녀는 한국 사람이야."

'빼어날 수'는 어떻게 고결하다는 뜻이 되었을까. 아마도 내가 영어 단어를 잘못 썼을 것이었다.

"그녀는 유익하고 고결한 사람이야?"

알리나가 묻자 아드리아나는 대답했다.

"나도 몰라. 그건 그녀 자신만이 알 수 있어. 나에게 그녀가 그런 사람인지 아닌지는 중요하지 않아."

"그럼 뭐가 중요한데?"

"그녀는 나에 대해 가장 잘 알고 있는 사람이라는 거."

"고작 하루를 같이 보냈을 뿐이었다면서. 아니, 스물네 시간은 아니었으니까 하루도 아니었지만."

"누구에게도 해본 적 없는 나의 이야기를 그녀가 들었거든."

"그게 뭔데?"

"궁금하면 네가 직접 그녀를 만나 물어보렴."

"내가 그녀를 어떻게 만나?"

"그건 나도 모르지. 네 일은 네가 알아서 해."

알리나가 성을 내자 아드리아나는 깔깔 웃었다고 했다.

그 웃음소리가 어땠을지 짐작하고도 남았다. 이메일에서 그 부분을 읽을 때 아드리아나의 웃음소리가 바로 옆에서 들렸으니까.

알리나의 이메일에는 아드리아나의 휴대폰에 저장되어 있던 그 사진이 첨부되어 있었다. 태양이 남기고 간 오렌지빛을 가득 머금은 테주강 앞에서 아드리아나와 나는 어깨동무를 한 채 웃고 있었다. 이보다 더 좋은 일은 없다는 듯 온 이를 드러내며 더없이 환하게.

3

　두달 뒤 알리나가 한국에 왔다. 알리나는 리스본의 미술관에서 도슨트로 일하고 있었는데 미술관이 여름 한달간 내부 수리에 들어간 덕에 시간이 난 것이었다. 케이팝의 팬인 데다 한국 드라마를 워낙 좋아해 언젠가는 한번 와보고 싶었다고 했다. 한국에는 일주일간 머물 예정이었다.

　그사이 나는 부천에 있는 한 요가원에 강사로 채용되었고 주말에는 구청에서 운영하는 문화센터에서 요가 수업을 진행하게 되었다. 자주는 아니었지만 전에 인연을 맺었던 기관에서 특강 요청을 해 오기도 했다. 전세 대출 미납금은 팬데믹 때 소상공인을 대상으로 한 최저 금리 대출금의 일부로 완납했으나 국가에 대한 빚은 여전히 갚고 있는 중이었고 역시나 저축은 어려웠지만 어찌저찌 생활비는 충당되고 있었다.

무엇보다 큰 변화는 요가인으로서 이전까지의 여정을 갈무리하던 중 소마요가에 입문하게 되었다는 것이었다. 소마요가는 움직임의 재학습 과정으로 통칭되는 소마틱스(Somatics) 기법들 중 하나인 펠든크라이스(Feldenkrais)를 요가에 적용한 분야였다. 말하자면 특정 움직임을 단순히 반복하는 것이 아니라 신경계에 각인된 자신의 습관적 동작 패턴을 자각하고 그로부터 벗어나 몸의 움직임을 스스로 선택하고 개선하는 요가라고 할 수 있었다. 소마(soma)는 고대 그리스어로 '총체적인 생명체'를 뜻했고 이는 움직임의 변화를 통해 생각, 정서, 감각이 유기적으로 달라질 수 있음을 표명하는 이름이었다. 수업을 듣고 워크숍에 참여하면서 나는 내가 요가를 통해 익히고 나누고 싶었던 자기에 대한 자각과 심신 통합의 경험이 이 요가에서 가장 잘 드러난다고 느꼈고 좀더 공부한 뒤 직접 수업을 진행해야겠다고 마음먹었다.

이영은 나주 집으로 돌아가기로 결정했다. 모두가 떠난 집에 홀로 남아 있는 어머니가 마음에 걸리기도 했고 천정부지로 치솟는 수도권의 물가를 감당하는 것이 힘에 부쳐서이기도 했다. 앞으로 무슨 일을 하며 먹고살지는 나주로 내려가 고민해보겠다고 했다.

이영이 이사하기 이주일 전 알리나가 한국에 들어왔다.

알리나는 생김새가 아드리아나를 쏙 빼닮았지만 성격
은 그녀와 딴판이었다. 말수가 적고 조심스러우며 수줍음
이 많았다. 사람들과 친해지는 데 시간이 좀 걸리는 편이
라고, 알리나는 자신을 소개했다. 그러니 자신이 어색하
게 구는 것이 상대에게 호감이 없거나 상대를 불편하게
여겨서는 아니라고.

　"그래도 나는 혼자 있는 것보다 사람들과 어울리는 걸
더 좋아해요."

　알리나는 말하며 배시시 웃었다.

　"그건 엄마를 닮았나 보구나."

　알리나는 고개를 저었다.

　"엄마는 사람들과 금방 친해지고 누구와도 잘 어울렸
지만 혼자 있는 걸 더 좋아했어요."

　"그래?"

　"네. 엄마는 주로 사람들한테 맞춰주는 편이었는데 그
래서 자꾸 겉도는 이야기만 하게 되는 것 같다고 했어요.
그렇게 긴 시간 같이 있었던 친구는 아마 당신이 유일할
거예요."

　뜻밖이었다. 나는 아드리아나가 애초에 처음 본 사람에
게도 허심탄회하게 마음을 잘 여는 사람이라고 여겼었다.

그래서 나 역시 그 기운에 감응하여 그렇게 된 것이라고. 하지만 알리나는 반대로 들었다고 했다.

그랬나. 내가 먼저였나.

알 수 없었다.

어쩌면 그저 각자가 누군가에게 마음을 열고 싶었던 순간이 우연히 맞아떨어진 것일 수도 있었다. 그렇다면 그것은 운명이 되나.

"운명을 거스르고 싶은 건 인간의 본능이야."

아드리아나는 그렇게 말했었다.

그 말을 떠올리며 나는 웃음을 터뜨렸다. 영문을 모르는 알리나는 어리둥절한 표정으로 나를 바라보았다. 아드리아나가 그 말을 하고 나서 웃음을 터뜨렸을 때 나의 표정이 꼭 그랬을 터였다. 그 생각을 하자 다시 웃음이 터졌다.

*

알리나는 일주일 중 나흘간 서울에 머물렀다. 그중 내가 스케줄이 비는 날은 하루뿐이라 그날은 나와 이영이 함께, 또 다른 날은 이영이 혼자 서울 관광 안내를 해주었다. 알리나는 괜찮다고 했지만 우리도 괜찮다고 하자 감사히 받아들였다.

이영은 알리나를 무척 마음에 들어 했다. 평범한 듯 보이지만 엉뚱하고 소심한 듯 보이지만 멘탈이 강하다나. 알리나가 한국어로 기초 회화를 할 줄 안다는 점도 이영의 호감에 한몫한 듯 보였다. 만난 지 얼마나 되었다고 잘 아는 것처럼 말하느냐고 면박을 주자 이영은 코웃음을 쳤다.

"반사."

이영은 알리나의 부산과 경주 여행에 따라가기까지 했다. 이영의 말로는 알리나도 원한 일이었다고. 거절을 못해 억지로 수락한 걸 오해한 거 아니냐고 의심하자 이영은 정색하며 알리나가 먼저 제안한 거라고 했다.

두 사람은 많은 이야기를 나누었고 그러면서 이영은 도슨트라는 직업에 흥미를 갖게 되었다. 알리나는 워낙 미술관을 좋아하기도 하지만 세계가 어떤 한 사람에게 담기고 세계와 그 사람 자신의 경계가 끊임없이 흔들리는 과정에서 새로운 세계가 발생하는 것, 그리고 그것이 미술이라는 형태로 낯선 타인들에게 우연적으로든 필연적으로든 온전히 가닿았을 때 그 접점에서 그들이 모종의 동질성을 감각하는 순간이, 정확히는 그 순간을 목도하는 것이 좋다고 했다. 도슨트는 그렇듯 특수한 세계들의 보편적 관계를 매개하는 자라 여기고 있다고, 알리나는 말했다고 한다. 이영은 미술관보다 박물관이나 유적지 쪽에 더 관심이 가긴 했다. 꼭 분야의 문제가 아니라도 같은 직업을 갖는다고 해서 동일한 경험을 할 거라고는 생각하지 않았다. 하지만 어떤 일을 특별히 해보고 싶다는 마음이 든 것은 처음이었고 그렇다면 일단 발을 담가보는 게 맞는 것 아니냐고, 이영은 말했다.

나중의 일이지만 이영은 귀향한 뒤 광주에서 도슨트 양성 프로그램을 이수하고 시간이 날 때마다 전라남도 일대를 시작으로 전국의 박물관과 유적지를 열심히 보러 다녔다. 좀더 지나서는 국제전문도슨트 자격증을 취득했다. 도슨트가 되는 데는 딱히 자격증이 필요하지 않은데도 시험을 준비하는 동안 집중적으로 공부를 하게 되어 좋다고 했다. 이즈음 이영은 미술관도 다니기 시작했고 틈틈이 도슨트 모집에 지원하여 단기 근무를 하게 되었다. 하지만 도슨트는 기본적으로 프리랜서라 아르바이트는 계속해야 했다. 육개월 일하고 한달 쉬는 패턴은 깨진 지 오래라며 이영은 앓는 소리를 했지만 다행히 그다지 불행해 보이지는 않았다.

셋이 함께 서울 관광을 한 날 성곽에 가고 싶다는 알리나의 제안으로 낙산공원에 갔다. 알리나는 성곽 도시인

오비두스에서 태어나 어린 시절을 보냈기 때문에 어떤 낯선 곳에 가더라도 성곽에 가면 친밀감이 들면서 마음이 안온해진다고 했다. 이영도 나도 낙산성곽은 초행이었다.

해 질 무렵 성곽길 산책을 시작했다. 늦여름의 더위도 만만치 않아 금세 온몸에 땀이 찼지만 맑고 파란 하늘에 붉게 번진 노을과 은은한 조명을 받아 아늑하게 빛나는 성곽길 돌담에 마음을 뺏겨 그리 지치지는 않았다. 가장 높은 전망광장에 올라 서울의 건물들이 어둠에 잠겨 형태가 뭉개지고 빛으로만 존재감을 드러내는 풍경을 한참 내려다보았다.

"서울의 밤은 빛이 너무 많아요. 그래서 별을 잘 볼 수 없다는 게 안타까워요."

알리나가 말했다.

알리나는 어렸을 때 비나 눈이 오는 날을 제외하고 거의 매일 저녁 할머니와 성곽에 올랐고 맑은 날에는 늘 별을 보며 이런저런 이야기를 나누었다고 했다. 아드리아나가 리스본에서 대학을 다니고 있어 주말에만 집에 오던 시절이었다. 할머니는 우체국 직원이었던 할아버지가 죽은 뒤 포르투갈의 전통주인 체리브랜디를 담가 술집이나 가정집에 팔아 생활하고 있었다. 오후 다섯시쯤 하루 일이 끝나고 나면 할머니와 알리나는 저녁을 먹은 뒤 체리

브랜디와 체리주스와 고블렛잔 두개를 챙겨 성곽으로 산책을 나갔다. 성곽에 앉아 할머니는 체리브랜디를, 알리나는 체리주스를 잔에 가득 따라 조금씩 마시며 별도 보고 이야기도 하고 파두도 부르며 시간을 보냈고 둘 다 잔을 비우면 집으로 돌아왔다.

나는 아드리아나의 요가원에 있던 액자 속 글귀에 대해 물었다.

"어떤 소설에 나오는 대사였고 너의 할머니가 그 소설을 좋아해 옮겨 쓴 것으로 기억하고 있어."

알리나는 할머니가 그 글귀를 옮겨 적을 때 옆에 있었다고 했다. 할머니는 펜대에 화려한 넝쿨 문양이 새겨져 있는 수제 딥펜으로 만족스러운 필체가 완성될 때까지 수십번이고 다시 썼다고 한다. 그 펜을 만들어준 친구에게 선물로 줄 거라면서.

"그 옆에 그 책이 있었어요. 하지만 책 제목이나 작가 이름은 모르겠어요. 무슨 서커스단 사람들 이야기였다고 했던 것 같아요. 나중에 그 문구로 인터넷 검색도 해봤는데 이상하게 안 나오더라고요."

"아드리아나에게 물어본 적 없어?"

알리나는 고개를 저었다. 할머니의 유품을 정리할 때 아드리아나는 그것을 보통의 물건으로 여기며 버리려고 했다. 알리나의 설명을 듣고 나서야 간직하기로 한 것이었다. 알리나는 그 펜을 만들어준 친구가 누구였는지, 왜 그것은 친구에게 가지 않고 여전히 할머니가 가지고 있었는지 알고 싶었다. 어쩌면 아드리아나는 짐작해낼 수도 있을 것 같아 물었는데 그 또한 아드리아나는 알지 못했다. 그다지 알고 싶어 하지 않는 것 같기도 했다.

"엄마는 할머니를 별로 안 좋아했던 것 같아요. 노골적으로 티를 낸 적은 없어서 몰랐는데 할머니가 돌아가시고 한참 뒤에 알게 됐어요."

알리나는 성곽에서 할머니와 보낸 시간들을 그리워하며 그중 가장 기억에 남는 할머니의 이야기를 아드리아나에게 말해준 적이 있었다.

초신성 1987A에 대한 이야기였다. 이름대로 그것은 1987년에 발견된 초신성이었고 폭발한 것은 16만 8000년 전이었다. 그러니까 생을 다한 별이 폭발하며 내뿜어진 빛이 16만 8000년 만에 지구에 도착한 것이었다. 지구 남반구에서 볼 수 있었던 그 빛은 보름 넘게 더욱 밝아지다가 수개월에 걸쳐 서서히 어두워졌고 할머니는 더는 맨눈으로 볼 수 없게 되기 전에 그 빛을 보러 홀로 아프리카에 갔다. 눈으로는 다른 별들과 크게 달라 보이지 않으리라는 것을 뻔히 알면서도.

할머니는 그저 별을 보는 것을 좋아했을 뿐 별에 대해 유별한 과학적 관심을 가지고 있지는 않았다. 초신성이 무엇인지도 그때 처음 알았다. 그런데 그때는 반드시 그 빛을 자신의 눈으로 직접 봐야겠다는 열망이 일었다. 그토록 강렬한 열망은 생애 처음이었다. 할머니는 서른일곱 살이었고 아드리아나는 일곱살이었다.

"그건 정말이지 나에게 엄청난 사건이었단다. 16만년이라는 상상도 할 수 없는 엄청난 시간을 건너 끝내 그 빛이 나에게 와닿았다는 것 말이다. 내 앞에서 그 별은 아직 폭발 중이었지. 멀고 먼 그 옛날에 이미 끝나버린 사건이 그 순간 나한테는 현재였던 거야. 말하자면 나를 통해 현재가 된 거지. 내가 그 순간 그것을 보고 있었기 때문에. 정말이지 심장이 터질 것 같았어. 그러니까 알리나, 영원히 과거이기만 한 채로 사라지는 건 없단다. 너에게 닿은 것들은 모두 현재의 일이야. 그 모든 것을 현재로 만드는 건 너란다. 그걸 잊지 마."

아드리아나는 알리나의 말을 들으며 의아한 표정을 지었다.

"엄마가 너한테 그런 말을 했다고?"

"그렇다니까."

아드리아나는 생각에 잠긴 듯 골똘해 있다가 픽 웃었다.

"그렇게 가슴 벅찬 경험을 했다는 사람이 왜 그렇게 내내 불행한 얼굴을 하고 있었는지 이해가 안 된다. 결코 이해받고 싶지도 이해하고 싶지도 않은 사람처럼."

이번엔 알리나가 의아한 표정을 지었다.

"할머니가?"

아드리아나는 더이상 아무 말도 하지 않았다. 그때 아드리아나의 얼굴은 가슴이 서늘할 만큼 차가웠다고, 알리나는 말했다.

"그래서 난 이수 당신이 그들에게 무슨 일이 있었는지 엄마에게 들었을 거라고 생각하고 있었어요."

"아냐. 듣지 못했어. 아드리아나는 부모에 대해 거의 말하지 않았어. 너에 대해서도 말하지 않았고. 성격도 내가 알던 것과 전혀 달랐던 것 같은데…… 대체 왜 아드리아나는 내가 자신을 가장 잘 아는 친구라고 했던 거지?"

알리나는 답하지 못했고 나 역시 짐작되는 바가 없어 대화가 이어지지 않았다. 침묵을 깬 것은 이영이었다.

"스스로도 미처 깨닫지 못했던 자신의 가장 내밀한 마음 같은 것이 언니를 통해 드러났을지도 모르지."

"그게 뭔데."

"그걸 내가 어떻게 알아. 어떤 사람으로부터 그 자신에 대해 가장 많은 이야기를 들었다고 해서 그 사람을 가장 잘 안다고는 할 수 없다는 생각이 들어서 한 말이야."

"무슨 뜻이에요?"

알리나가 물었다.

"그 사람이 자기 자신에 대해 잘 모른다면, 그러니까 자신이 지나온 시간 이상의 시간이 자신에게 깃들어 있다는 걸 모른다면 그가 자신에 대해 아무리 많은 정보를 알려준다 해도 그가 누구인지 진짜로 알게 되는 건 아니라는 뜻이었어. 내 생각엔 그래."

알리나는 이영의 말에 깊은 인상을 받은 듯 보였다. 알리나는 이영에게 몇가지 질문을 더 던졌고 그렇게 두 사람이 대화를 이어나가는 동안 나는 아드리아나를 떠올리고 있었다. 정확히는 아드리아나가 했던 말들을. 신중하게 하나씩. 나를 통해 그녀가 처음으로 가닿게 된 자신의 내밀한 마음이란 무엇이었는지 생각하며.

알리나가 출국하고 며칠 뒤 이영은 휴대폰 메시지로 기사 하나를 링크해 보내주었다. 2019년에 초신성 1987A가 남긴 중성자별을 찾아냈다는 기사였다. 별이 폭발하고 나면 핵만 남아 초고밀도의 중성자별이나 블랙홀이 된다는 것이 우주 모델이었는데 초신성 1987A의 경우는 지난 삼십여년간 아무 흔적도 발견되지 않아 미스터리로 여겨졌고, 우주 모델을 수정해야 하나 하던 참에 알고 보니 폭발 시 방출된 엄청난 양의 가스가 먼지구름을 이루면서 그것에 중성자별이 가려져 있었다는 사실이 밝혀졌다는 내용이었다.

—뭐야. 이제 별에도 관심이 생긴 거야?

답신을 보내자,

—그렇다기보다는 알리나의 할머니가 한 말이 계속 머릿속을 맴돌아서 그냥 찾아본 거야. 멋진 이야기잖아.

답신이 왔다.

맞는 말이었다. 그것은 멋진 이야기였다.

이따금 우연히 별을 보게 되면 알리나의 할머니가 했다는 그 말이 떠오르곤 했다. 그럴 때마다 어쩌면 모든 것들이 기다리고 있는 건지도 모르겠다는 생각이 들었다. 과거의 시간도, 미래의 시간도, 그 시간 속에 있었거나 있을 사람들도, 그 사람들이 겪었고 겪을 일들도 모두 기다리고 있다고.

나를. 그 누구도 아닌 바로 나를.

나도 나를.

와닿고 가닿기 위해서.

살아 있다는 건 그런 것이니까.

- 192면의 성경 구절은 『성경전서 개역한글판』(성서원 2014)에서 왔다.
- 201면의 「창령사터 오백나한전」 전시장에 적힌 문구는 긍선(亘璇)의 말로, 2019년 국립중앙박물관 특별전 「영월 창령사 터 오백나한, 당신의 마음을 닮은 얼굴」의 도록 43면에 인용된 각안(覺岸)의 편저 『동사열전』(김윤세 옮김, 광제원 1991)의 문구를 재인용한 것이다.
- 승아의 사망 사고는 2014년 2월 공장에서 야간작업을 하던 울산의 현장 실습생 김대환군(19)이 폭설로 공장 지붕이 무너져 사망한 사건을 모티프로 했다.

나는 뭘까. 최초의 질문은 그것이었다.

열여덟살 때였다. 야간 자율학습 시간에 몰래 교실을 빠져나와 등나무 벤치에 앉아 어둠에 잠긴 운동장을 하염없이 바라보던 날이 있었다. 아니, 내가 바라본 건 운동장이 아니라 어둠이었다. 정확히는 어둠의 끝을. 어둠이 끝나는 지점 같은 걸 상상했던 것 같다. 그러다 문득 그렇게 물었다. 나는 뭘까.

외부 세계의 일들에 압도되어 내가 무엇을 겪고 있는지조차 이해하기 어려웠던 성장기의 혼란은 그 물음으로 귀결되었고, 이후 그것은 여러가지 형태로 변형되었다.

나는 누구일까. 나를 이루고 있는 것들 중 어디서부터 어디까지가 나의 의지이고 나 이외의 사람들의 의지일까. 당신은 누구일까. 한 사람을 이해한다는 것은 어떤 일일까. 개인이란 무엇일까. 그 의미는 어디까지 확장될 수 있을까.

혼란의 내용은 달라졌고 물음의 형태는 계속 변하고 있지만, 나는 여전히 묻고 있기에 그 모든 물음을 품고 이 소설을 썼다. 다 쓰고 나니 그 물음이 가닿고 싶어 하는 곳이 어디였는지 어렴풋이 느낄 수 있었다. 내가 가닿은 곳에 다른 이들도 와닿아주면 좋겠다. 그보다 기쁜 일은 없을 것이다.

소설에 대해 말씀을 보태주신 창비의 모든 분들께 깊은 감사를 전한다. 특히 첫 독자였던 이진혁 편집자님과 이 소설을 편집해주신 김가희 편집자님께는 더욱 특별한 마음을 보낸다. 김가희 편집자님의 정치하면서도 세심한 손을 거쳐 이야기와 문장이 단정해지는 과정은 매번 놀라웠다. 다정한 메일들도 오랫동안 잊지 못할 것이다.

언제나 같은 자리에서 나를 있는 그대로 지켜봐주고 응원해주는 나의 벗 꿀짱구에게도 사랑과 감사의 마음을 전하고 싶다. 나의 소설을 너무나도 읽고 싶다는 벗의 말은 소설을 쓰는 내내 가장 큰 힘이 되었다.

2024년 가을
황여정

숨과 입자

초판 1쇄 발행 • 2024년 11월 1일

지은이 / 황여정
펴낸이 / 염종선
책임편집 / 김가희
조판 / 박지현
펴낸곳 / (주)창비
등록 / 1986년 8월 5일 제85호
주소 / 10881 경기도 파주시 회동길 184
전화 / 031-955-3333
팩시밀리 / 영업 031-955-3399 · 편집 031-955-3400
홈페이지 / www.changbi.com
전자우편 / lit@changbi.com

ⓒ 황여정 2024
ISBN 978-89-364-3467-0 03810